たくらみは美しき獣の腕《かいな》で

愁堂れな

幻冬舎ルチル文庫

CONTENTS ✦目次✦

たくらみは美しき獣の腕で

✦カバーデザイン＝高津深春（CoCo.Design）
✦ブックデザイン＝まるか工房

イラスト・角田緑✦

たくらみは美しき獣の腕で

1

ガチャリと金属の擦《こす》れる音が室内に響き渡る。

「う……」

噎《む》せ返るような精液の匂《にお》いが立ち込めたその部屋で、男が抑えた声を発するたびに、ガチャガチャと金属音が絶え間なく聞こえてくる。

音をたてているのは男の腕を捉《とら》えた手錠だった。部屋の中央には装飾過多な室内にはまるでそぐわぬ、病室にでもありそうなベッドが置かれている。ベッドは四日前に彼のために運び込まれたものだった。リクライニングで起き上がることもできれば、必要はなかったが用もその場で足せるようになっている、本当に入院患者が使うようなものである。

そのベッドの頭の部分にある金属の柱のひとつに手錠を通し、両手を上に挙げさせられている男がまた抑えた声を上げる。男は何も身に纏《まと》っていなかった。程よく筋肉のついた胸が、引き締まった腹筋が、日本人にしては長い脚が、自身のかいた汗に覆われ、ベッドサイドの小さな灯《あか》りを受けて艶《なまめ》かしく光っている。

「……うっ……」

大きく開かされた脚の片方に巻かれた包帯が、また男の身体《からだ》を煽情的《せんじょうてき》に飾っていた。微《かす》かに滲《にじ》む鮮血は男の傷の深さを物語っているのだが、今、まさに男は傷ついたその脚を抱えられたところだった。

「……っ」

初めて男の顔が苦痛に歪《ゆが》む。じわり、と包帯にあらたな鮮血が滲んでいった。

「失敬」

男の脚を抱え上げたもう一人の人物が、くすりと笑う声がする。薄灯りの中浮かび上がるこの男の裸体も見事なものだった。希臘《ギリシャ》の彫像を思わせる逞《たくま》しい身体――服を着ているときには細身にすら見える彼ではあるが、脱いだ途端見るものを圧倒するほどの鍛え上げられた筋肉が現れる。肉体を飾るためのものではない、より俊敏に、より力強く動くために鍛えられたその筋肉を覆う彼の肌は『極上』といわれる女のそれより白くすべらかで、薄灯りの下でも瑞々《みずみず》しさを漲《みなぎ》らせているのがわかる輝きを見せていた。

「……っ」

組み敷かれた男がまた苦痛の声を上げる。それを見て、微笑を浮かべた男の顔も『極上』のレベルに属していた。優しげな女顔である。日本人というよりは切れ長の瞳といい、すっと通った鼻筋といい、紅《あか》く色づく形のいい唇といい、中華系、若《も》しくは韓国系の美女そのものの顔立ちをしているこの美丈夫は、優しげな顔立ちに似合わぬ暴力的な嗜好《しこう》を有していた。

力ある者が全ての者の頂点に立つという男の信条を知る者はこの界隈《かいわい》では多い。

比類なきその美貌《びぼう》をもってしても彼の好む『頂点』は望めたであろうに、実際男がその地位まで登りつめるのに使ったのは輝くばかりの美貌ではなく『暴力』だった。

武闘派――最近流行《はや》らない言葉だが、彼を語るときは必ずその名称が頭につけられる。既に関東では彼の鍛え上げられた身体が繰り出す暴力はその美貌と相俟《あいま》って伝説となりつつあった。

「……モルヒネでも打てばラクになる上に、極上の気分になれるんだけれどね」

くすくす笑いながら美貌の男はわざとのように男の傷口のあたりを掴《つか》み、高く腰を上げさせる。

「しかしあなたのモラルが許さないというのなら仕方がない」

ねえ、と笑った白皙《はくせき》の美貌に、苦痛に顔を歪めながらも男が鋭い眼差《まなざ》しを向けた。

「そういう目で見られると、ぞくぞくしてしまう」

目を細めて微笑《ほほえ》む顔には慈愛の情さえ読み取れるのに、彼がしたことといえば男の傷口を掴む手に力を込めるという行動だった。

「くっ……」

男が背を仰《の》け反《ぞ》らせて痛みに耐える。ガチャガチャと男の手を捉えた手錠の激しい金属音がまた薄暗い室内に響きわたった。

「愛《いとお》しいな……」

ふふ、と笑った美貌の男が男に脚を開かせたまま、ゆっくりと覆い被《かぶ》さってくる。

「……っ」

脚への痛みと辛《つら》い体勢に顔を歪めた男を見下ろし、美貌の男はにっこりと笑った。

「挿《い》れるよ」

囁《ささや》く彼の吐息が男の頬《ほお》にかかった。ぞわりとした感触に顔を顰《しか》めた男のそこが押し広げられ、雄が挿入されてくる。

「……っ」

今まで何度となく強《し》いられた行為ではあったが、ずぶりと先端が挿入されるときの嫌な感じには慣れる日など来ないだろうと男は唇を嚙《か》んだ。美貌の男は身体を起こし、男の脚を抱え直すと、ずぶずぶとその雄を容赦なく彼のそこへと埋め込んでゆく。

「く……っ」

かさのはった部分が内壁を抉《えぐ》ったあとに続く、ぼこりぼこりとした感触が、男を総毛立たせる。無意識の所作で上へとずり上がり、逃れようとした拍子にまた、ガチャリと男の頭の上で手錠が硬い音を立てた。

「………」

その音に誘われ、美貌の男の視線が男の腕を捉えたその金属の輪へと注がれる。

「……嵌《は》めることこそあれ、自分が嵌められることになるとは……さすがに思わなかっただろうね」

にっこりと目を細めて微笑む彼の額に薄く汗が滲み、すべらかな頬が欲情に紅潮していくさまが、自身の身体を覆う、悪寒《おかん》によく似た感覚に耐える男の目に映る。

「ヤクザにいいようにされるとも、さすがに思わなかったかな？」

「……っ」

ぐい、と美貌の男が腰を進め、尚一層男の深いところを抉ってくる。ぞわりと下肢を這《は》い登ってきたその感覚は、最早『悪寒』という言葉では誤魔化《ごまか》しきれなくなっていた。顰《ひそ》めた眉《まゆ》が苦痛を示していないことをいち早く察した美貌の男がにやりとその薄い唇を歪めて笑うと、いきなり激しく抜き差しを始める。

「……っ……ぁっ……ぅっ……」

男が必死で上がる声を抑えようと顔を埋《うず》めたシーツには、昨夜から今朝にかけての自分の、そして美貌の男の汗と精液の匂いが染み付いていて、男の吐き気を誘った。

「あっ……はぁっ……あっ……」

昨夜何度となく絶頂を迎えさせられ、精も根も尽き果てたと思っていた己《おのれ》の身体にまだ喘《あえ》ぐ元気が残っていることが驚きだと、どこか冷めたことを思う自身にまた、男は吐き気を催していた。

身体だけは着実に男の愛撫《あいぶ》に慣らされ、力強い突き上げが及ぼす快楽を享受しつつある。

こんな日が来るとは──先ほど己の内を侵しながら彼が笑って告げた言葉が、男の脳裏に甦《よみがえ》る。

『ヤクザにいいようにされるとも、さすがに思わなかったかな？』

確かになかった。ヤクザは男にとっては敵──ではないが自身が属する国家権力をもって威嚇すべき相手であった。

そのヤクザを前に膝《ひざ》を折ったのがすべてのはじまりだったのだ──己の下肢を延々と攻め続ける男の律動運動が呼び起こす快楽の波に飲み込まれる意識の片隅で、男は『あの日』のことを思う。

男の名は高沢裕之《たかざわひろゆき》。ふた月前までは新宿西署の刑事だった。

そして高沢の腰を抱いている美貌の男の名は櫻内玲二《さくらうちれいじ》──関東を本拠地とする、広域暴力団では最も大きいとされる菱沼組《ひしぬまぐみ》の若頭であり、直参の二次団体、組員数五百五十名を率いる櫻内組の若き組長であった。

ふた月前──全てはふた月前、高沢にとっては不運としかいいようのないある出来事からはじまった。

高沢は今年二十八歳、いわゆるキャリア組ではなく交番からの叩《たた》き上げで新宿西署の刑事課に三年前に配属され、『マル暴』といわれる暴力団対策係に属していた。

身長百七十八センチ、体格はそれほどいいわけではないが、華奢《きゃしゃ》というほどでもない。比類なき美男というわけでも、これといった功績を挙げたわけでもない彼だったが、実はある特技から警察組織内では名が知れていた。

というのも彼はかつてオリンピック候補になったことがあるほどの射撃の名手だったのである。

候補にはなったものの、『そんな華やかな場に出るつもりはない』と辞退したことからもわかるように、高沢は至って地味な性格の持ち主で、面白みに欠ける男だった。趣味はそれこそ『射撃』というくらいに一人黙々と練習場に通う彼は『変人』と称されていたが、決して馬鹿にされているというわけではなく、射撃の腕同様、地道で我慢強い捜査への取り組みの姿勢には一目置かれていた。

友人と呼べる者が署内では少ない彼だったが、一人だけ周囲が首を傾《かし》げるような、親交の厚い者がいた。警視庁捜査一課の西村正義《にしむらまさよし》警視である。

二十五歳にして警視となった彼は所轄の刑事たちの間で将来の幹部候補と言われるほどのやり手なのだが、そんな純正キャリアとノンキャリアの高沢との接点は何かと言うと、実はこの二人、同じ都立高校の同級生なのであった。

今や階級も立場も違う二人ではあるが、かつては同じ陸上部に所属し、高沢は長距離で、西村は短距離で国体にも出るレベルの選手だったのだという。新宿界隈で上から下まで一分の隙《すき》もない服装の——シックなイタリアものの上質なスーツがまた、中身ばかりか容姿も一級品といわれる西村にはよく映えた——西村と、床屋に行く暇もないのか、無造作に伸びた髪をうるさそうにかきあげる、スーツとは名ばかりのよれた上着を身に纏い、始終煙草を吹かしている高沢のツーショットは、所轄の刑事たちやら、高沢のいわば『お取引先』とも言われる暴力団関係者やらの注目の的となっていた。

その日の夜もまた、いつもの駅近いショットバーで高沢と西村はカウンターに並びグラスを合わせていたのだが、二人の様子にはいつもと多少違うところがあった。

「……上層部にかけあったが聞き入れてもらえなかった」

すまん、と沈痛な顔をした西村が、今日何度目になるのか高沢に深く頭を下げた。

「謝るようなことじゃない」

ぼそりと答え、額にかかる髪をかきあげた高沢は手の中のバーボンのストレートを一気に呷《あお》ると、

「おかわり」

と馴染《なじ》みのバーテンにグラスを差し出した。

「俺は悔しい。なんとしてもお前の力になりたかったのに」

西村も自棄《やけ》になったようにグラスを呷り、

「おかわり」

とバーテンにグラスを差し出す。

「その気持ちだけで充分ありがたい」

バーテンが手渡してくれたグラスを手に高沢が傍《かたわ》らの西村を見やり、にこりと小さく笑った。無愛想な彼の顔にあまり笑顔が浮かぶことはないのだが、唇の端を上げただけのようなそんな微笑は、普段殆《ほとん》ど表情の変化を見せない高沢の顔を驚くほど魅力的なものへと変じさせる。西村はそんな彼の笑顔を横目で見るとはなしに見つめてしまっていた。

高校時代から高沢はあまり笑わない男だった。笑わないだけでなく、喜怒哀楽の表情を作るのが著しく苦手であるらしいのだ。それゆえ、無表情になる彼は、高校時代からその無表情な顔が生意気だと、謗《そし》られることが多かった。

一年の頃から陸上部では西村と共にタイムが超高校級と言われるほどよかったために、なにかと二人して先輩部員に苛《いじ》められたものだったが、西村が頭を低くしてやり過ごそうとしている隣で、高沢はまるで無頓着《むとんちゃく》に振舞い、おかげで先輩部員の苛めは高沢に集中することになってしまった。

『苛め』といっても、さすがに進学校だっただけのことはあり、あからさまな暴力を加えられることはなく、グラウンド整備やら、ほぼシゴキのような練習やらを強いられていたのだが、それに高沢が少しも辛そうな素振りを見せないことで、先輩部員たちの彼への感情はますます悪化したらしい。西村と高沢が二年に上がる直前の都大会の前に、高沢がトイレで喫煙をしていたと先輩部員がわざわざ教師に密告し、自宅謹慎となってしまったがために高沢は部を辞めざるを得なくなった。

「馬鹿だよ。先輩なんて適当に立てておけばよかったじゃないか」

淡々とした顔で『退部届』の書き方を聞きにきた高沢に、西村は終わったこととは思いながらもそう意見してしまったことがあった。

「適当……」

高沢は西村の言葉の意味がわからない、というように首を傾げたあと、それでも西村が彼の退部を残念がっていることだけはわかったようで、

「ありがとう」

とにこりと笑った。無表情な彼の顔に突然浮かんだその笑顔に、西村は一瞬見惚《みと》れてしまった。

顔の造作でいえば高沢の顔は端整だといえないこともないという程度であるのだが、一旦何らかの『表情』が生まれると驚くほど魅惑的な顔になる。怒りにせよ哀《かな》しみにせよ、そして喜びにせよ――。

だが普段の高沢は、己のそんな顔が人の心をやみくもに惹《ひ》きつけることを知っているのではないか、と西村が穿《うが》った見方をしてしまうほどに、滅多に感情を面《おもて》に表さなかった。

せめてもう少し感情を露《あらわ》にしていたら先輩たちも部を辞めさせるような真似はしなかったのではないだろうか――態度が悪いわけではないが、彼の徹底的な無表情、無反応を、先輩部員たちは自身への徹底的な無視ととったのかもしれない。

それと全く同じことが今、高沢の身に起こったのだ、と西村はバーテンからグラスを受け取ると意味もなく高沢のグラスにチン、と音を立ててぶつけ、一気にストレートのバーボンを呷った。

「何に乾杯したんだ？」

「……これからのお前の前途を祈って」

「そりゃどうも」

高沢がまたくすりと笑う。自分がもし彼であれば――いや、普通の神経をしている者ならこうも淡々とはしていられまい、と内心溜息《ためいき》をついた西村の前で、高沢はまた勢いよくグラスを呷った。

「よかったら警備会社を紹介する。一般企業がよければ声をかけてみる」

「…………」

高沢は西村の言葉を聞き、少し考えるような素振りをしたが、やがてバーテンに手を上げ

「おかわり」とグラスを渡そうとした。普段と全く変わらぬように見えるその姿になんとなく西村はやりきれない憤りを感じ、思わずこう言い捨ててしまっていた。

「しかし本当に酷《ひど》い話だ。あんなことぐらいで懲戒免職になるとは」

カラリ、と高沢の手の中で氷が溶けて音を立てる。やってきたバーテンにそのグラスを渡したあと、高沢は西村の方へと顔を向け、

「仕方がないだろう」

と再び小さく笑ってみせた。

そう——高沢はその日、警察をクビになったのだった。

前の週の木曜日、歌舞伎町で暴力団構成員たちの小競り合いがあった。最近東京ではある理由から暴力団同士の抗争が勃発しがちになっていた。深夜二時を回った頃、路上でドンパチやってる奴らがいる、という通報が新宿西署に入り、ちょうど宿直で詰めていた高沢が現場に向かうことになった。

高沢が現場に到着した頃には既に野次馬たちが遠巻きにする中、三名の暴力団員たちが互いに銃を乱射しあっていた。

「警察だ」

恫喝《どうかつ》してやると彼らは一旦ぎょっとしたように高沢を見て、すぐさま逃げる態勢に入った。

二対一で争っていた彼らの、二人の方は高沢は顔も素性も知っていたが、残る一人は全く馴

染みのない男だった。高沢は咄嗟《とっさ》の判断で追いかける照準をその男に定め、男のあとを追って走りはじめた。

「ついてくんなよっ！　ぶっ殺すでっ」

東京の人間が無理やり使っているような関西弁だと冷静なことを考えながら高沢は男を追った。

「ついてくんなて！」

男が振り返り高沢に向かって銃を構えてくる。

「きゃーっ」

野次馬の中から悲鳴が上がり、男の注意がそちらへと逸《そ》れた次の瞬間、

「うるさいんじゃあ、ボケェ！」

自棄になったらしい彼が、銃口を悲鳴を上げた女へと向けたことに高沢は慌てた。

「よせっ」

男の指が引金にかかっている。いけない、と咄嗟に高沢は拳銃を抜き、男の肩を目掛けて発砲してしまったのだった。

さすがにオリンピック候補に挙がるほどの腕前、撃ち損じはなかった。単に運が悪かったのだ。なんと男の肩を貫通した弾が通行人の足に当たり、全治ひと月の怪我を負わせてしまったのである。

結局男をはじめ、騒動を起こした暴力団員たちを逮捕することはできたのだが、その際通行人に怪我を負わせたことが上層部で大きな問題になった。

「不可抗力であるという君の主張は認めよう。だが、軽率であったことにかわりはない」

ではあの場で拳銃を抜かなかったらどうなったのか、という問いかけをしたい衝動を高沢は覚えたが、口にすることはなかった。言ってもどうにかなるものではないということが既にわかっていたからでもあったが、主たる理由は自己主張をするのが面倒だったからだった。

自分の撃った拳銃が人に怪我を負わせたことは事実であった。それゆえ処分されるのであれば享受するしかないだろう――自宅謹慎を命じられたとき、心から納得したとはいえないもののそう考えた高沢だったが、まさかそのまま懲戒免職されることになるとはさすがに想像していなかった。

「君が射撃の名手だということで、その腕前に慢心していたんじゃないかと言われてね。確かに君の銃の使用頻度は高いだろう？　それでこの先も同じような危険があるのではないかと……」

「拳銃を撃ち合う暴力団員の取り締まりが私の仕事でした。使用頻度が他より高くても当然だと思いますが」

新宿西署長がなんとも気まずい顔で彼に辞令を渡しながら言った言葉に、高沢は珍しく口答えをした。

「しかしマル暴の中でも、君の銃の使用回数は群を抜いていた。上層部は不祥事を嫌うものなんだよ。週刊誌が今回の事件のことを記事にしようとして、色々と君の経歴を調べまわっているらしい。オリンピック候補にもなるほどの射撃の腕に溺《おぼ》れたんだろう、などと書かれる前に君には警察を辞めてもらう――私も不本意だが、決定事項だ。ひっくり返すことはできないんだよ」

「………」

暴力団対策係の中で高沢の拳銃の使用頻度が群を抜いていたのは、ドンパチが始まると皆、高沢に取り締まりを押し付けてきたが故《ゆえ》の結果だった。銃が乱射される中、怯《ひる》みもせずに乗り込んでいく高沢を『命知らず』と揶揄《やゆ》した同僚たちが率先して彼を現場へと向かわせ、先《せん》鋒《ぽう》を切らせていたために他ならない。

自身にとってそれは少しの苦痛や負担を感じるものではなかったので大人しく皆の言うことを聞いていたが、それがここにきて自分の足を引っ張ることになろうとは、と高沢は一人小さく溜息をついた。

「まあ、今後のことは相談に乗らないこともないから」

愛想笑いを浮かべる署長に頭を下げ、既にダンボール箱一つに纏《まと》められていた私物を持って高沢は四年間世話になった新宿西署をあとにした。

退職を悔やんでくれる人物は同じ係内、同じ署内にはいなかった。それを寂しいと思う情緒をもとより高沢は持ち合わせていなかった。

世の中なるようにしかならない——厭世的《えんせいてき》というわけではなく、高沢は全てにおいて淡泊な男なのだった。

人間ならもっていてしかるべきあらゆる『欲望』に関して、高沢はあまりに淡泊だった。出世欲も金銭欲も、更に言うなら性欲や食欲さえ、高沢の中では重きを成している『欲』ではなかったのである。

通常の人間なら当然有しているそれらの『欲』にあまりに無頓着な彼を目の前にすると、人は皆自分がやけに貪欲《どんよく》な人間なのではないかと嫌でも感じさせられてしまう。それゆえ社会に出てからは特に、高沢には『友人』と呼べる人間はできなかった。新宿西署では孤立しているというほどに嫌われていたわけではないが、実際彼の処分を不服とし、上司に申し立ててくれるような同僚は一人もいなかったのである。

唯一彼の退職を惜しみ、愚痴でもなんでも付き合うと駆けつけたのが、高校時代からの友人、西村だった。愚痴というほどの愚痴はない、と高沢はぼそりと西村に告げたが、その心意気は嬉しかったのか、西村の誘いに乗り彼のあとについてきた。

自分が言ったとおり愚痴を零《こぼ》すことはなかったが、高沢の酒量がいつになく多いのはやはり、退職に落ち込んでいるからだろうと西村は勝手な解釈をし、

「まあ飲め」

と高沢に酒を勧めた。最初は西村の行きつけの小料理屋で、普段高沢が食さぬような高級な食材を使った洒落《しゃれ》た料理を食べながら日本酒を飲んだあと、そろそろ店が看板になるということで駅前のショットバーに移動した。

グラスを重ねるたびに普通は紅くなるであろうに、高沢の顔はどこまでも白くなり、切れ長の目は澄んでいった。まるで十代の若者のように白目部分が清廉《せいれん》なほどに青白くなる。ついついその瞳の輝きに見惚れそうになる自身に西村は内心苦笑しながら、愚痴を言わぬ高沢の代わりに愚痴を零しはじめた。

「絶対にパフォーマンスだ。最近警察の不祥事が多いから、お前はスケープゴートにされたんだ。本当にもう、やってられないよ」

「……まあな」

カラン、と高沢はまた一気に酒を呷り、手の中のグラスの氷を揺らした。心得顔のバーテンがすぐに近づいてきて高沢の手からグラスを受け取る。

「……お前は悔しくないのか」

西村も酒が過ぎていたのかもしれない。あまりに淡々としている高沢を目の前に、ぽろりとそんな問いかけをしてしまった彼は、悔しくて当然かと自身の問いを悔い、

「すまん」

と頭を下げると自分もグラスを呷った。

「……悔しい……というよりは……」

バーテンからおかわりを受け取った高沢は、西村の謝罪を軽く頷《うなず》いて流したあと、ぽつん、と小さな声で呟《つぶや》いた。

「拳銃が撃てなくなる……それはちょっと辛いな」

「高沢」

「そんなことを言うと週刊誌に叩かれるな」

苦笑するように笑った高沢の笑顔に、また西村の目は惹きつけられる。

「あの硝煙の匂いが好きだった」

更に危険か、と照れたように笑ってみせた顔に悔しさが滲んでいることに西村は初めて気づいた。

「……クレイ射撃でもやるか？」

「そんな金はないよ」

即答した高沢の顔からはまた『表情』が消えていた。淡々とそう返し、グラスを呷った高沢は、痛ましげに自分を見つめる西村へと目をやり、

「明日からの生活を考えないといけないからな」

となんでもないことのように告げ——西村の目を惹きつけてやまない、小さな笑いをその顔に浮かべてみせた。

「そろそろ帰ろう」

先にそう言い、立ち上がったのは高沢だった。

「まだいいだろう」

「飲みすぎた。このままだとここで寝てしまう」

そんなに飲んだ人間がそこまで冷静なことを言うかと西村は内心思ったが、高沢の足はいつになくよろけていた。

「また連絡するから」

「ああ」

それじゃあ、と高沢は片手を挙げ、歌舞伎町の方へと歩き始めた。彼の家は西武新宿線の中井にある。だがもう終電はないだろうと西村はその背に「おい」と声をかけたが、高沢はすたすたと歩いていってしまった。

「…………」

そういえば今までも、二人して新宿で飲んだあとは高沢は「それじゃあ」と一度歌舞伎町を廻《まわ》って帰るのを常としていたのだった、と西村は次第に小さくなる高沢の背を見ながら溜息をついた。

いつもの癖であるその行動を彼が無意識のうちにとっていたのか、それとも警察をクビになった今夜だからこそ、最後に廻ってみようと思ったのか――。

自分が判断できることではないな、と西村はまた溜息をつくと踵《きびす》を返し、駅前のタクシー乗り場へと向かった。彼には明日も早朝から仕事が待っている。早く家に帰って休む必要があった。

西村がタクシーに乗り込んだ頃、高沢は一人歌舞伎町の街を歩いていた。高沢の退職の噂《うわさ》はさすがにまだ暴力団員たちには流れていないようで、擦《す》れ違うチンピラたちが肩を竦《すく》め、小さく会釈をして通り過ぎていった。

「…………」

その会釈に目で応《こた》えながら、高沢は何故《なぜ》自分が今夜、歌舞伎町を歩いてみようなどと思ったのかと一人首を傾げていた。ポケットには手帳も手錠も――勿論《もちろん》拳銃もなかった。今何か騒ぎが起こったとしても、自分ができることは何もない――。

当たり前だ、警察をクビになったのだから、と高沢は心の中で苦笑し、馬鹿馬鹿しいから帰るか、と踵を返しかけた。

警察の仕事に愛着があるわけではないと頭では考えていたが、気づかぬうちに昔の管轄に足を踏み入れてしまうあたり、身体の方が頭よりよほど自分の心に正直なのかもしれない。

明日からは滅多にこの街を訪れることなどないだろう、と歩き始めた足を止め、高沢が我ながら未練がましいと思いつつ後ろを振り返ったそのとき――。

「高沢さんですね」

不意にわらわらと目の前に、一見してその筋の者とわかる男たちが現れ、あっという間に彼を囲んだ。

「そうだが？」

何事だ――？　男たちの顔には見覚えがなかった。年齢は皆、二十歳《はたち》そこそこか、いって二十五歳前後のようだ。高沢に声をかけてきたのは、身長が百九十センチはあろうかと思われる、K―1選手のような見事な体軀《たいく》をした男だった。いっぱしのヤクザを気取っているのか、趣味の悪い紫色のスーツに身を包み、オールバックにした髪をてからせているその顔はまるで子供のようである。だがその瞳は子供にはない、暴力を好む男特有の残忍な光を宿していた。

「ちょっと来てもらいたいんですがね」

言葉遣いは丁寧だが、有無を言わせぬ口調だった。わざとらしく指の骨をバキバキと鳴らしてみせる様は、高沢の目にますます男を幼く見せていた。だが腕力は相当なものだということも同時に察した高沢は、さてどうするかと目の前のK―1選手張りの体格をもつ若いチンピラを無言で見上げた。

「聞こえなかったかな？　ちょっとご足労願いたいんですがね？」

男は相当短気なようだった。

「断るといったら？」

腕力だけが取り柄の単細胞に、こういうリアクションをとることは危険だと高沢にはわかっていたが、酔いが彼の判断力を鈍らせたのか、それとも警察をクビになったことで自分でも気づかぬうちに相当自棄になっていたのか――馬鹿が、と心の中で呟きながら高沢がそう答えた途端、いきなり男の拳《こぶし》が高沢の腹にめり込んできた。

「……っ」

「断られちゃ困るんですよ」

息が詰まるほどの強いパンチに、う、と高沢が身体を折ったところに間髪を容れず二発目が打ち込まれる。

「多少手荒なことをしても、お連れするようにということでね」

どこが『多少』だ、という悪態をつく間もなく、倒れかけた高沢の腹に今度は男の蹴《け》りが入った。後ろへと倒れ込む身体を背後のチンピラが支えて無理やり立たされたところにまた男の拳が打ち込まれる。

「うっ……」

前にのめりそうになるのを、後ろから腕を摑まれ引き戻される。またしても入ってくる男の蹴りを避ける術もなく、高沢はその場でサンドバッグさながら殴られ続け、いつしか意識を失ってしまったようだった。

「…………」

不自然に両腕を吊《つ》られた姿勢が呼び起こす苦痛に高沢はようやく目覚めた。腹も胸も、殴られ蹴られた場所は酷く痛んでいたが、手加減をしてくれたのか骨が折れている様子はない。あのまま男たちに引きずられるようにして車に連れ込まれたような気がするが、一体ここはどこだと高沢は薄く目を開こうとし、室内の灯りの眩《まぶ》しさに顔を顰めた。

「お目覚めのようですね」

くすり、と笑うバリトンの美声――あまりに聞き覚えのないその声に、高沢は眩しさを堪《こら》え、薄く目を開いて目の前の声の主を見上げた。

「早々に目覚めてくれて助かりました。やはり鍛え方が違うのかな」

ね、と微笑んできた男に、誰だ、と問いかけようとした高沢は、自分の両腕が捉われ、なぜだか天井から唐突に下がっていた鎖の先端にある手枷《てかせ》に繋《つな》がれていることに気づいた。

「な？」

驚きのあまり身体を捩《よじ》った高沢の動きを受け、ガチャリと鎖が撓《たわ》んで音を立てる。長い毛足のカーペットの上に座らせられた姿勢で、腕を天井から吊るされているというあまりに不自然な体勢に戸惑う高沢の耳に再び男のバリトンが響いてきた。

「この部屋はもと会員制のSMクラブだったそうでね。他の道具は片付けさせたが、わざわざ作らせたこの手枷だけは撤去するに忍びなかった」

それで残したのさ、と笑った男へと高沢の意識はようやく及んだ。

「………」

高沢が思わず息を呑《の》んだのは、男の顔に見覚えがあったからではなかった。全く面識がないと言い切れないような気はしたが、だからといって高沢が目を見開いたわけではなかった。彼が言葉を失った理由は、男の容貌にあった。天井から下がる手枷で自由を奪われた高沢の目の前にいる男の顔は、今まで彼が見たこともないほどに整っていたからである。

単に『整っていた』程度ではここまで高沢は動揺しなかったと思う。仕事がら水商売の女と顔を合わせる機会は多いし、中にはふるいつきたくなるほどの美女もいないではなかったが、高沢の目の前にいる男の美貌は彼女たちとは一線を画していた。

きりりとした眉の下で輝く黒曜石のごとき瞳が、長い睫《まつげ》に縁どられきらきらと輝いている。すっと通った鼻梁《びりょう》といい、形のいい紅い唇といい、色白の女顔ではあるのだが『美貌』という言葉だけでは足りぬ何かが――見るものを圧倒する迫力がある顔だった。

身長は百八十近くあるようだが、肩幅もそれほど広くは見えず、華奢という印象さえ抱《いだ》かせるこの男は一体誰なのか――？

見覚えがあるようなないような、と眉を顰めた高沢の前で美貌の男はにっこりと、その黒曜石のごとき瞳を細めて微笑んだ。瞳の星がすうっと奥へと吸い込まれてゆく様に、また高沢は見惚れそうになる。

「どうしました？　まだ寝ぼけているのかな」

くすりと笑った男が一歩、高沢の方へと近づいてきた。

一分の隙もなく整えられた身なりには、余すところなくカネがかかっているのがわかる。仕立てのいいスーツは勿論のこと、手首から覗《のぞ》く時計といい、汚れ一つなく磨き上げられた靴といい、高沢に向かって差し出された手の、綺麗《きれい》に手入れされた爪《つめ》といい、頭の上から足の先まで惜しみなく金を注《つ》ぎ込んでいるに違いない男が高沢のすぐ前に立ち、顔を覗き込んできた。

「……誰だ？」

息がかかるほどに顔を近づけられ、高沢は思わず身体を引いてしまいながら男に尋ね返した。ガチャリとまた頭の上で、手枷の鎖が音を立てる。

「櫻内玲二です。思いの外手荒な出迎えをしてしまったようで申し訳なく思っている」

にっこりと微笑み、そう名乗った男の息が頬にかかる。

「櫻内……」

高沢は、あ、と声を上げそうになった。新宿西署のマル暴にいてその名を知らぬ者はいない。

今や関東一の規模を誇る広域暴力団菱沼組の若頭——昨年大阪刑務所を出所後めきめきと頭角を現し、ついには長年空席となっていた次期組長と言われる若頭の座についた、今や飛ぶ鳥を落とす勢いの二次団体、櫻内組の若き組長の名であった。

「私の名に心当たりがあるとはありがたい。これで話が早く進みます」

再び高沢の頬に息を吹きかけるように笑った櫻内が身体を起こした。

「話？」

「あなたが警察をクビになったという噂を聞きましてね、話をしたいと思って早乙女《さおとめ》を使いに出したんですよ」

「………」

高沢は無言で婉然《えんぜん》と微笑む櫻内の顔を見上げた。自分が警察を懲戒免職されたのは今日のことだ。それをもう知っているとはなんたる情報の伝達の早さだと感心してしまったのである。

もとよりヤクザ社会での情報伝達は警察のそれをしのぐとは聞いていたが、それにしても今日の今日で自分の退職を知り得るという、この関東ヤクザ界の若き旗頭、櫻内の実力を見せつけられたような気がし、高沢は言葉を失ってしまったのだが、そんな彼に向かって櫻内はまたにっこりと優雅に微笑み、話を続けた。

「前々からあなたの射撃の腕には非常に興味があった。オリンピック選手に推薦されたこともあるという評判も聞いていたし、実際この目で見もしたしね」

「え？」

実際に見た——？　その言葉を聞いたときに高沢の脳裏に、ちらとかつて見た櫻内の小さな白い顔が過《よ》ぎった。

あれはたしか——と思いを馳《は》せかけた彼は、続く櫻内の言葉にはっと我に返った。

「だがさすがに警察にいる段階では声はかけにくいと思っていたところにもってきての、今般のめでたいご退職だ。これで遠慮なくお声をかけさせていただける。他団体より先にと早乙女を焦らせたのがよくなかったか……彼も血の気が多いもので、なにぶんご容赦願いたい」

「……なんの話をしているんだ」

上機嫌な口調で滔々《とうとう》と話し続ける櫻内の、その話の中身が見えず高沢は彼の話を遮った。

櫻内は一瞬口を閉ざしたが、またすぐに、

「これは失礼」

と微笑むと、長い毛足のカーペットの上をまるで猫のように足を滑らせて歩いていき、少し離れたところから高沢を真《ま》っ直《す》ぐに見下ろしてきた。

「単刀直入に言おう。私の元で働きませんか？」

「なんだって？」

高沢の目が驚きに見開かれる。滅多に感情を面に表さない高沢をここまで驚かせた美貌の男——櫻内は、驚愕《きょうがく》している高沢を見てさらに満足したようで、にっこりと、まさに見惚れるような微笑を高沢へと惜しみなく向け、ますます彼を絶句させたのだった。

「な……？」

一体どういう意味だ、と驚きの声を上げた高沢に、にっこりと微笑みかけてきた櫻内が、彼の腕を捉えた手枷を揺らした。

「……っ」

ぐらりと上半身が揺れ、腹や胸に受けた痛みがぶり返してきたことに顔を歪めた高沢を見て、櫻内はひどく満足そうに微笑んだあと、おもむろに口を開いた。

「プロ相手に敢えて説明するまでもないことだけれど、暴対法が施行されて以来、我々ヤクザにとっては厳しい時代になりましてね」

暴対法——平成四年より施行された『暴力団対策法』は、暴力団員に対して禁止行為を定め、行政がその禁止行為に対し中止命令を出せるようになった、ヤクザ社会の様相をがらりと変えた法律である。

『ヤクザ』を『暴力団員』という枠に嵌め、それまで彼らが当然のように行ってきたあらゆる行為を禁止したこの法律は、特に『指定暴力団』とされた団体に属する者には尚一層の厳しい制約が与えられるものであった。

関東一の規模を誇る菱沼組も当然この『指定暴力団』に名を連ねており、最近ではめっきり地味になったといわれる月寄り――直参の組長を集めての月次定例会議である――のときには警視庁捜査四課の刑事たちが大挙して張り付くのがそれこそ定例になっていた。

「おかげさまで随分我々も生き難《にく》くなった。それだけじゃない、最近じゃあボディガードが拳銃不法所持でパクられると、一緒にいる組長まで銃刀法違反の共謀共同正犯として逮捕される始末だ。だからといってボディガードを丸腰にするわけにはいかない。こちらは生命の危険がかかっているものでね。それで、だ」

キイ、とまた櫻内は手枷の鎖を揺らし、高沢の上体を揺らした。

「我々も考えてね。ボディガードを外注することにしたんです」

「…………」

外注――高沢にも櫻内の言わんとすることがおぼろげながらわかってきた。そして自分をここへと呼び出した目的も――高沢の拳銃の腕前をなぜか彼は知っているらしい。自分にその『外注』のボディガードになれとでもいうのではないか、という高沢の推察が正しいことは間もなく彼の知るところとなった。

「そこまでしてボディガードを雇わなければならない理由も、やはりプロのあなたには簡単に予測がつくはずだ。今、菱沼組は跡目争いの真っ最中でね」

「……噂に聞いた。本当だったのか」

四代目菱沼組組長の木谷大吾《きたにだいご》が倒れたという噂は新宿西署にも流れていた。一命は取り留めたがほぼ半身不随らしい。本人、五十二歳になったばかりだったということもあり、跡目については『まだ早い』と若頭すら空席にしていたために、跡目争奪の抗争が始まるかと思われたところにもってきて、この櫻内が急遽《きゅうきょ》若頭に指名され、表面上はことなきを得ているのであった。

木谷が若頭を空席にしていたのは実はこの櫻内の刑期が終わるのを待っていたからではないかと言われていた。櫻内が木谷の杯《さかずき》を受けたのはまだ十八の頃だったという。当初より『見所がある』とことのほか木谷のお気に入りだった櫻内は若い頃よりその秀麗な容姿以上に『武闘派』として関東一円のヤクザの間では名を馳せていた。

「暴力を楽しんでいるとしか思えない」

組関係で抗争が勃発《ぼっぱつ》すると、いの一番に駆けつけて暴れ捲《ま》くる彼を、幹部を務める二次団体の組長たちはそう評し、櫻内に一目置きながらもどこか遠巻きにしているところがあった。無茶が過ぎて彼が大阪刑務所での『お勤め』を余儀なくされたときには「やはり」と顔を見合わせ笑いあったという。それはとりもなおさず、木谷の櫻内への寵愛《ちょうあい》の深さをやっかんでのことだったのだが、このタイミングでの出所、そして若頭就任はまた、跡目を狙《ねら》う幹部たちの神経を逆撫《さかな》でするには充分であった。

さすがに菱沼組の幹部を務めるような二次団体の組長の中には『仁義』を欠くものはいなかったために、表立って櫻内が危険にさらされるようなことはなかったが、いよいよ五代目襲名披露が近いという今になり、なんとしてでも五代目は貰《もら》うと一人、気を吐くものが現れた。菱沼組三代目組長、香村正《こうむらただし》の実子であり、菱沼組では若頭補佐を務める香村靖彦《やすひこ》である。

この香村靖彦は、昭和の名親分の一人とも言われた三代目とは似ても似つかぬ、極道としても半端者であった。息子の腐った性根を叩き直してやってほしいと香村に頼まれた四代目木谷は彼なりに靖彦を育て上げようとしたのだったが、極道の華やかな部分ばかりに憧れる軽薄な性格はどうにも直しようがなく、三代目の顔を立てて若頭補佐にはしたものの、香村亡き後はあからさまに木谷は彼を軽んじるようになっていた。

覚醒剤をシノギにするのは極道の恥といわれるのだが、金になると香村は積極的に扱いはじめ、古参《こさん》の幹部の眉を顰めさせた。が、暴対法このかたプライドを持った組ではシノギで得られる収入が激減し、常に潤沢《じゅんたく》に金がある香村の組内での発言権は拡大していた。それゆえ、血筋といい、実力といい、五代目は自分に違いないと香村は思い込んでいたようなのである。

それを櫻内に浚《さら》われた悔しさに、香村はあからさまな攻撃を櫻内に、加えて櫻内擁護派の組員たちに対してしかけていたため、最近では互いの組事務所周辺では毎日のように小競り合いが行われていたのだった。

「襲名披露は予定では半年後——おかげでこのところ身の回りが危なっかしくて仕方がない。それで腕の立つボディガードを探していたところに、あなたの退職という朗報が入ったというわけです」

「朗報……」

何が朗報だ、と高沢は顔を顰め、上に吊られていることがそろそろ苦痛になってきた腕を振って血の気を取り戻そうとした。ジャラリ、という金属音がまた瀟洒《しょうしゃ》な室内に響き渡る。

「単刀直入に申し上げましょう。どうでしょう。私のボディガードになってはもらえないでしょうか」

「…………」

やはり——目の前で優雅に微笑む美貌の男、櫻内の申し出は高沢の予想どおりであった。多分己の答えも櫻内は予想しているのだろうと思いつつ、高沢はひとこと、

「断る」

と告げ——その途端、頬に熱い痛みを感じた。櫻内の掌《てのひら》が高沢の頬を張ったのである。両腕を天井から吊られてさえいなければ数メートル吹っ飛んだに違いないほどの衝撃に、高沢の身体は大きく揺れた。ガチャガチャとやかましいくらいに鎖の音がまた室内に響き渡ったが、高沢の身体の揺れが収まると同時に音も止《や》んだ。

「考え直していただきたい。悪い話ではないでしょう。何もヒットマンになれと言ってるわけじゃない。私の身を守ってくれ――そう言ってるだけなのですから」

「……断る」

口を開いたと同時に血の味を感じ、高沢が顔を顰めたところにまた櫻内の平手が落ちてきた。ガチャガチャとまた室内に鎖のぶつかり合う音が響き渡り、ゆらりと大きく高沢の上体が揺れる。

「わからないな。今まであなたは国民の公僕《こうぼく》だった。我々の身の安全を守ってくれる立場だったんでしょう？　それと同じことじゃないですか。今日からは私の安全を守ってほしい――それのどこがあなたのモラルに反するのです？　類稀《たぐいまれ》なあなたの射撃の腕に相応《ふさわ》しい報酬も用意しています。それでもあなたが『断る』理由はなんだか、聞かせていただけないでしょうか？」

言葉遣いもにっこりと微笑む様も優雅ではあったが、櫻内の眼光はあまりに厳しかった。

「理由如何《いかん》によっては考えますが――あなたほどの射撃の名手を野放しにするほどの勇気が私にはありません。他でその実力を行使することがないように、それなりの措置はとらせてもらいたいと思っていますが、それでもお断りになると？」

それなりの措置――手の骨でも折るか、それともヤクザらしく指でも詰めさせるとでもいうのか――理不尽な脅しではあるがそれが口だけではないということは櫻内の目を見ればわかった。

「……なぜだ」

「なぜ？」

にっこり、と櫻内がそれこそ花のように華麗な微笑を浮かべて小さく首を傾げてみせる。

「……なぜ俺なんだ……？　脅してまで俺を雇いたいという理由がわからない」

YESと答える気はなかったが、NOと言う勇気もなかった。単に答えを先延ばしにするためだけに問い返したことを見抜いたように櫻内はくすりと笑うと、

「理由によっては答えが変わるとでもいうのかな？」

と高沢の顔を覗き込んできた。

「……純粋に疑問を持っただけだ。警察にも俺程度の射撃の腕を持つ者はいくらでもいる。警察の外にだっているだろう。なのになぜ俺なんだ？　警察をクビになったことなどまだ外部には知られていないはずなのに、その日のうちに誘ってきたのは何故なんだ？　俺を見張っていたとでもいうのか？」

長々と喋《しゃべ》る高沢の言葉を櫻内は黒曜石のごとき麗《うるわ》しい瞳を微笑みに細め、じっと聞き入っていたが、高沢がここで考えを纏めようと一旦言葉を切ると、

「確かに不思議に思うのも無理のないことですね」

と更に目を細めて微笑み、高沢が思いもかけない言葉を櫻内は口にした。

「一目惚《ひとめぼ》れしたんです」

「…………」

にっこり、と見惚れるほどの微笑みを浮かべた櫻内の美貌を前に、高沢は言葉を失ってしまった。からかわれているとしか思えぬ台詞《せりふ》にどうリアクションをとるべきかを悩んだからである。

絶句した高沢の顔を見た櫻内がくすくすと、心底可笑《おか》しげに笑い始める。やはり趣味の悪いジョークだったのかと高沢が彼を睨《にら》みつけたのに、また櫻内は黒曜石のごとき美しい瞳を細め、込み上げる笑いを押さえ込むとひとこと、

「あなたのその銃の腕にね」

そう高沢に告げ、この『腕』だと言わんばかりに彼の手を捉える手枷を摑み、わざと大きく揺らしてみせたのだった。

「よせ」

天井から下がる手枷の動きにあわせ、高沢の上体がゆらゆらと揺れる。

「あなたは覚えていないかもしれないけれど、私たちは初対面じゃないんですよ」

「え？」

麗しき瞳の輝きを見上げる高沢の脳裏に、かつて同じ煌《きらめ》きを見たという記憶が一瞬にして甦った。

「…………」

そうだ——確かに自分と櫻内は初対面ではなかった。

言葉を交わしたことこそなかったが、この美しい顔を確かに一度は認識した、その場面を高沢はまざまざと思い起こしていた。


あれは先月のことだったか、歌舞伎町で銃の乱射騒ぎがあった。風俗店に通っている組幹部をヒットマンが狙ったのだという。

発砲した男を現行犯逮捕し、署に戻ろうとしたとき、高沢の目の端に、野次馬の中、拳銃を構える男の姿が過ぎった。

「あぶないっ」

銃口はこの逮捕劇を眺めていた野次馬の一群へと真っ直ぐに向けられていた。この騒ぎに乗じてまた発砲事件を起こそうというのか、と高沢は手錠を嵌めた犯人をその場に放り出し、銃を構える男に向かって大声で叫んだ。

「きゃーっ」

途端に銃が発射される音があたりに響き、野次馬たちの間から悲鳴が上がった。ざっと人垣が割れ、銃を撃った男の姿が現れた。若いヤクザ者だった。どうみても銃を撃ち慣れているようには見えない。にわかヒットマンなのか、男は、

「わーっ」

と悲鳴を上げ、再び銃口を向かい側で人垣を作っていた野次馬へと向けようとした。

「よせっ」

反射的に高沢は銃を抜いていた。男との距離は二メートル。外す距離ではない上に、男の周囲に人はいない。時間にすれば一秒もかからぬ咄嗟の判断だった。高沢の構えた銃口から火が噴き、弾は目標どおりに若いヤクザの肩に命中した。

「きゃーっ」

再び轟《とどろ》いた銃声に野次馬たちの間から黄色い悲鳴が上がった。ヤクザが銃を取り落としたのを確認し、高沢は彼に駆け寄り腕を摑んだ。

「痛《いて》ぇよう」

声を聞いた途端、まだ十代なのではないかと高沢は驚き、男の顔を見やった。にきびが治まらないような肌をしている顔をみると下手《へた》したら十五、六かもしれない。一体誰の命を狙っていたのだと、高沢が振り返ったときには、この若者に狙われていたらしい数名のヤクザ者が、既にその場を早足で離れようとしていた。

「おい」

待て、と高沢がかけた声に、最後に現場を離れようとしていた男が肩越しにちらと顔半分だけ振り返った。が、仲間の刑事たちが駆け寄ろうとしたときにはもう、男はそのまま彼を待っていたらしい仲間とともにその場を駆け出してしまっていた。

ちらと見ただけのあの男——遠目にもすべらかに見えたあの白皙の頰の持ち主は、もしかしたらこの櫻内だったのか——？

「ようやく思い出してくれましたか」

にっこり、と黒曜石のごとき瞳を微笑みに細めた櫻内が、高沢へと屈《かが》み込み、端整な顔を寄せてくる。

「あの咄嗟の判断力、瞬発力——ホルスターからピストルを抜き取るまでに〇・五秒もかからなかったあの銃さばき。思わず見惚れてしまいました。どうしてもあなたのことが忘れられなかった。まさに恋焦がれてしまった、というわけなのですよ」

「くだらないことを……」

頰を染め、うっとりとした口調で囁く櫻内の目が笑っていなければ、つい言葉に引き込まれてしまうところであった。高沢が苦々しくそう呟くと、櫻内は楽しげな笑い声を上げ、彼の言葉がジョークであったことを改めて示した。

「心外だな」

「……それで俺を見張っていたとでもいうのか」

相手にするだけ時間の無駄だと先回りした問いをしかけた高沢に、櫻内は「ええ」とまた目を細めて微笑んだ。

「あなたの人となりを知りたかった。カネで動くなら金、女で動くなら女——だが少しもあなたという人間が見えてこなくて焦りましたよ。唯一の救いは、それほど職務にも燃えていないというか、青臭い正義感に捉われて警察にいるというわけではなさそうだということだったでしょうか——ボディガードをお願いするのにどういうアプローチを取ろうかとあれこれ悩んでましたが、このたびのご退職で私の悩みも解消しました」

「………」

じろり、と高沢が櫻内を睨む。あの発砲事件を起こしたのが彼ではないかと疑ったからである。

「……あれは私じゃない」

問いかけるより前に、櫻内は彼の心中を察したようだった。そう肩を竦めてみせたあと、

「だが——仕組まれた感はありますね」

とあくまでも自分ではないということを強調しつつ、微笑んでみせた。

「仕組まれた……」

「あんなチンピラ、このあたりじゃ見かけないと思われたんじゃないですか？　栃木のチンピラだそうですよ。わざわざあの騒ぎを起こすために、誰かに雇われたと考えるのが妥当でしょう」

「………」

あの発砲事件の犯人が栃木からその日の朝、新宿にやってきたという情報は外へは漏れていないはずだった。やはりヤクザの情報網は警察に勝るのだろうかと、高沢はさもわかりきったことのように喋る櫻内の幾分紅い唇を見やってしまった。櫻内はその形のいい唇の口角をきゅっと引き締めるようにして微笑むと、「それでね」と言葉を続けた。

「あの発砲事件が何のために仕組まれたのか――目的は少しも見えなかったが、結果としてあなたが警察を懲戒免職されることになった。もしあれがあなたを陥れるためだとしたら、と私は考えたのです。誰かが私のように、あなたの腕を狙ってあんな大芝居を打ったんじゃないかと」

「そんなわけないだろう」

呆《あき》れたあまりつい口を挟んでしまった高沢に、櫻内は、

「本気で思っているわけではないですよ」

と微笑み、更に言葉を続けた。

「あなたがあの場に居合わせる確率を考えれば無理のある話だ。だがあなたがフリーになったことにはかわりはない。それほどの腕だ。狙う組はいくらでもあるだろう、と、いの一番を狙って早乙女を使いに出したのです。手荒な真似はするなと言い置いたんですが彼は警察嫌いなものでね」

失礼しました、と櫻内は少しも『失礼』とは思ってない様子で笑った。

「……そういうわけなのですが、いかがでしょう？　私からのラブコール、受けてはもらえませんか？」

「断る」

高沢に向かい小首を傾げてみせた櫻内の優雅な微笑みが一瞬、ストップモーションのように止まった。

「……条件を申し上げていませんでしたね。先ほども言いましたが、組に入れとは言わない。あくまでも外注です。勤務は一日交代、報酬は月に三百万。公務員への俸給にならいボーナスも夏冬、そして勿論働きに応じて特別奨励金をお支払いしましょう」

「断る。ヤクザに雇われるのはごめんだ」

また笑顔に綻《ほころ》んでいた櫻内の頬がぴくりと動く。

「…住居も用意しましょう。賄《まかな》いが必要なら若い衆に通わせましょう。女が欲しいというのなら好みを言ってもらえれば世話もしましょう。仕事に差し支えるようじゃ困りますが」

「断る……何度言わせれば気が済むんだ」

「何度でも」

にっこり、と鮮やかに微笑んだ櫻内がまた手枷の鎖を大きく揺らした。

「脅しか」

ゆらり、と大きく高沢の上体が揺れる。定まらぬ視点ではあったが櫻内に射るような眼差しを向ける高沢に、櫻内はまたにっこりと、作ったような笑みを向け返した。

「最後はそうするよりないでしょうけれどね。その前に折り合いがつけばこれほど双方にとってラッキーなことはないでしょう」

ガチャガチャとまた頭の上で手枷の鎖が揺れてぶつかる音がする。その音を止めようとでもするかのように、櫻内が鎖を摑んだ。

「……仕事には最適な環境を整えましょう。今、S&W社のニューナンブ式、三十八口径を——あなたが警察で使っていたそのままのモデルを用意させています。他に撃ってみたい銃があるならすぐに取り寄せましょう。東南アジアから運んだ劣悪品じゃない。最高級のガンをあなたのために用意する。これでいかがです？」

「…………」

銃——不意に高沢の周囲に幻の硝煙の匂いが立ち昇った。警察を辞めればもう銃を撃つ機会もなくなるだろう。射撃は庶民には高嶺《たかね》の花の趣味だ——初めて高沢の心に迷いが生まれる。

首を横に振る以外の選択はなかったはずであるのに、気づけば彼は遠くを眺めるような眼差しをもって、本日退職時に手帳と一緒に返却せざるを得なかった、使い慣れたあの三十八口径を思い浮かべてしまっていた。

「公にはしていない射撃練習場が奥多摩にある。いくらでも好きなだけ通ってもらって構わない。どうでしょう？　これだけの条件を付《ふ》してもあなたはまだ断りますか」

ガチャ、と頭の上で手枷の鎖が音を立てたのに高沢ははっと我に返り、鎖を握る櫻内を見上げた。

「……別に人を殺せ、と言っているわけじゃないんですよ。私の命を守って欲しい――あなたにとって、ヤクザの命は守るに値しないものなのでしょうか？」

「…………」

大義名分――そんな単語が意味もなく高沢の頭に浮かんだ。目の前で微笑む美貌の男の瞳が部屋の灯りを受け、恐ろしいほどに美しい煌きを発している。

「それでも断るとおっしゃるのなら、あなたをこの部屋から出せなくなる……人に渡すくらいならこの手の中に閉じ込めておきたい――恋というのはそういうものではないですか」

ねえ、と櫻内はまた、握った手枷の鎖をゆらりと揺らした。

「…………」

既に高沢は櫻内の戯言《ざれごと》を聞いてはいなかった。人をあれだけ殴った上に拉致《らち》した挙句、今更何が『お願い』だと、心の中で必死に毒づいてみても、頭に浮かぶのはあの、己の身を包んでいた硝煙の匂い——銃を撃ったあとの火薬の匂い以外なかった。

拳銃を返したときにはそれほど感じなかったにもかかわらず、先ほど西村と飲んだときにふと、もう二度と銃を撃つ日は来ないだろうということに気づき、高沢は酷く寂しい思いに陥ってしまったのだった。それほどまでに打ち込んできたというつもりはなかった。銃を撃つのは好きだったが、それが自身の中でどれほどの比重を占めているのかということをそれまで高沢は考えたことがなかったのである。

二度と触れることはないだろうと思った三十八口径を再びこの手に出来るのだという誘惑が目の前でちらついている。瞳に美しい煌きを湛《たた》えた麗しい男の手の中で——。

「ご了承いただけると大変ありがたいんですけれどね」

くす、と笑った櫻内がまたゆらりと手枷の鎖を揺らす。

「…………」

その振動にあわせるように、高沢は身体を前後に揺すり——まるで『ご了承』の意を表すかのように頷いてしまっていた。

「そうでなければね」

ゆらり、とまた大きく鎖が揺れ、高沢ははっと我に返り鎖を揺らした当の櫻内を見上げた。

「早乙女！」

そんな高沢を真っ直ぐに見下ろしながら、櫻内が大きな声を上げた、と同時にバタンと大きな音を立てて前方の扉が開き、歌舞伎町で自分を散々殴りつけたK—1選手ばりの幼い顔をした大男が現れた。

「はい」

「無事ご了承いただけた。鎖を外して差し上げてくれ」

その大男が櫻内の前では、まるで己の身体の大きさを恥じるかのように身を屈め、真剣な顔で彼の言葉に頷いている。

「かしこまりました」

舌を嚙みそうな受け答えをした『早乙女』という若者は、スラックスの後ろポケットから出した小さな鍵で高沢の両手を捉える手枷を外してくれた。

「…………」

ずっと吊るされていた腕がだるいと溜息をついた高沢に、櫻内がまたにっこりと作ったような笑みを向けてくる。

「この部屋をあなたに提供しましょう。手枷が趣味に合わなければそのうち早乙女に撤去させます。場所は落合——山手通りの傍《そば》のマンションの十五階です。新宿の夜景を存分に楽しめます。多分お気に召すと思いますよ。明日にでも今の部屋から荷物を運ばせます。そして

「これが……」

言いながら櫻内は内ポケットから無造作に分厚い封筒を取り出し、高沢の前に放った。

「今月のサラリーです。拳銃は明日、早乙女に届けさせます。奥多摩の練習場にお連れしましょう」

「…………」

膝の前に落とされた封筒と、微笑む櫻内の美しい顔をかわるがわるに高沢は眺め——やがて封筒を手に取った。

「今夜はゆっくりお休みください」

行くぞ、と櫻内は早乙女に目で合図し、そのまま高沢に会釈をして踵を返した。

「おい」

あっさりとした引き際に、思わず伸ばした高沢の手が空《むな》しく宙に浮く。彼の声など聞こえぬように櫻内と早乙女はドアを出てゆき、やがてがちゃりと扉が施錠される音が響いてきて、高沢は今更のように自分が部屋に一人閉じ込められたことを知ったのだった。

「…………」

手の中の封筒の口を破ってみる。百万の束が三つ——今月はもう十日も過ぎていたが、その分引いて支払うというような庶民性を櫻内は持ち合わせていないようだった。まだだるさの残る腕を摩《さす》りながら、高沢はぐるりと周囲を見回し、今更ながら金がかかっていることがよくわかる豪華な室内に、半ば呆れて溜息をついた。

どうして頷いてしまったのか――ぽん、と手の中の封筒を床へと放り投げ、高沢はまっすぐに窓へと向かった。カーテンを開き、そこが櫻内の言ったとおりの十五階であることを確認する。窓を開けて外を見下ろすと、すぐ下は山手通りであるらしく深夜だというのに渋滞の列が出来ていた。遠くに代々木のドコモの高層ビルが聳《そび》え立っているのが見える。

落合か――不思議と逃げよう、という気は湧《わ》き起こっては来ず、高沢は窓ガラスを閉めると窓際にある大きなベッドの上へとどさりと身体を落とした。住めと言われたこの部屋がどのくらいの大きさのもので、部屋数はどれだけあるのか、この先自分が知る日は来るのだろうかと高沢は一瞬考え――明朝すぐにでも知ることになるじゃないかと思わず笑ってしまった。

ヤクザのボディガードか――少しも実感として捉えることができないが、多分自分はこの申し出を受けてしまった、ということになるのだろう。

その動機はただひとつ――再び銃を手にしたい、それだけのために。

「…………」

高沢の口から大きな溜息が漏れた。くだらない――なんというくだらない理由に突き動かされてしまったのだ、とたまらないほどの自己嫌悪の念が高沢の胸に押し寄せてくる。

しかし、このくだらなさが自分の存在そのものかもしれないな、と高沢はまたひとつ溜息をつくと、そのまま布団を引っ被った。

家族も恋人もいない彼には今夜、警察の退職を惜しむ者も、今後の身の振り方を相談する者も、破格の条件の再就職先について意見を乞《こ》う者もいなかった。『この人に』語りたいと思うような女もいなければ友人も——友人という言葉に、高沢の頭に西村の顔が浮かんだが、さすがに現職の警察官である彼に、ヤクザのボディガードになることなど相談できるはずもなかった——いない。

警察に入ろうと思ったときには、それなりの正義感にも溢《あふ》れてはいたが、十年が経《た》った今、ただ日々の仕事に流されるように毎日を過ごしてしまっていた。多忙ゆえというよりは、もともと己には『信念』というものがなかったのかもしれない——だからといって、ヤクザのボディガードになるというのはどうかと思うが。

まあなるようになるに違いない、と高沢はまた大きく溜息をつくと寝返りをうった。考えてもどうなるものではない。今夜はもう寝ようと思ったのである。

懲戒免職、そして拉致、挙句の果ては裏社会への『再就職』か——激動の一日だったがそれも明日にはこれまで過ぎてきたのと同じ『一日』になる。そしてあらたな生活がその上に積み重ねられていくのだ——今までがそうだったように。

どうということはないか、と無理やり自身を納得させるようなことを呟き、高沢はまた寝返りを打って、今度こそ眠ろうと目を閉じた。

確かに翌日から彼の『あらたな生活』が、昨日までの日常の上に積み重ねられていくことになったのだが、それは高沢が思う以上に鮮烈な——それこそ今までの彼の単調な生活とは比べものにはならぬほどに極彩色に満ちたものであることなど、時折殴られた痛みに軋《きし》む身体を抱き締め、眠りについた彼にはわかるわけもなかった。

翌朝、いつものように六時に目覚めた高沢は、明るくなった室内をぐるりと見回し浴室への扉を見つけた。

シャワーを浴びようと中に入ると、脱衣籠《かご》にバスローブが入っていた。まるで高級ホテル並みだ、と部屋同様瀟洒な洗面台を見やったあと、浴室に入った高沢はジャグジーバスらしい浴槽に更に呆れて溜息をついた。

昨夜この部屋はもとＳＭクラブの一室だったと聞いたと思ったが、今その片鱗《へんりん》を残しているのは天井から下がる手枷の鎖だけである。高級リゾートホテルの客室や浴室をモデルにしたのではないかと思われる改装をしてあるこの部屋が今日から高沢の住居となるらしい。自分が毎晩ジャグジーに浸るのか――あまりの『らしくなさ』に思わず高沢は笑ってしまいながら手早くシャワーを浴び、着るものもないのでバスローブを羽織った。

部屋に戻り――多分ここが彼の寝室になるらしかった――大きなベッド以外、これといった家具がないこの部屋の壁が作り付けのクローゼットになっていることに気づいた彼は、何気なく扉を開けて驚きに目を見開いた。何十着ものスーツやら日常着やらが既に中に下がっていたからである。

全てタグがついているところを見ると新品らしい。まさか、と高沢はスーツを取り出し、上着を捲《めく》ってみた。

『H. TAKAZAWA』――ブランドの名とともに自分のネームが刺繍《ししゅう》されていることに愕然《がくぜん》としていた高沢の耳に、がちゃりとドアの開く音が聞こえた。

「おはようございます」

ドアの向こうから現れた、幼い顔をした巨体の男――確か早乙女と呼ばれていた――がぺこりと頭を下げてくる。

「……どうも」

「説明しろって言われたんですが、気づいたんならよかった。あれが浴室へのドア、こっちがリビングへのドアです。逃げられちゃいけねえってんで昨夜は鍵かけましたが、もう逃げる気はねえって思っていいんですよね?」

どすどすとわざと音を響かせるような乱暴な歩き方で高沢へと歩み寄ってきた早乙女が、半ば脅すような口調でそう言い、長身を折って下から高沢の顔を見上げるチンピラ特有の素振りをしてみせたのに、高沢は思わず苦笑してしまった。

「なんでぇ?」

馬鹿にされたと思ったのか、早乙女の目に凶悪な光が一瞬にして宿る。

「……逃げはしないさ。それよりこの服は一体なんなんだ？」

もとより高沢はこの手のいきがっている若造に対して興味が薄い。というよりも、自分以外の——いや、もしかすると自分も含めて人間全体に対する興味が薄いために、概して人間を型に嵌めて判断する癖がついていた。

キャリアはノンキャリアを馬鹿にするもの、ノンキャリアはキャリアを頭でっかちと蔑《さげす》むもの、ヤクザやチンピラは虚勢を張るもの——そういった考えを頭に叩き込んでおけば、人付き合いでそれほどの摩擦を起こさずにすむ。

勿論高沢が恐れているのは摩擦を起こすことではなく、それによって生じる煩雑《はんざつ》さなのだが、これほど『型に嵌った』早乙女相手であれば、それこそ摩擦なく付き合っていくのはそれほど難しいことではないだろう。高沢は内心そう思いながら彼の気を逸らそうと新たな問いをしかけたのだった。

「ああ」

高沢の誘導に綺麗にのった早乙女は、見たとおりの単細胞らしい。得意そうに微笑んだかと思うと、がらがらと音をたて、クローゼットの扉を更に大きく開いた。

「組長があんたのために揃《そろ》えたんだよ。結構カネ、かかってるらしいぜ」

「……たしかにかかってるな」

数着のスーツの襟にはすべて『made in Italy』のタグがあった。ブランドにそう詳しくない高沢でも知っているような高級品ばかりだ。それにしても先走りというかなんというか、一体いつからこんな準備を櫻内はしていたというのだろう、と高沢は呆れてクローゼットの中をしみじみと見やってしまった。

ネームが入っているところをみると、昨日今日であつらえたものではないだろう。だいたいサイズはどうやって調べたのだ、とまじまじと一着のスーツを取り出し眺めはじめた高沢の横で、早乙女はますます得意そうな顔になった。

「これだけありゃあ、自分の服なんざ、もういらねえんじゃねえか？」

「まあね」

カネを出したのは早乙女ではないだろうに、ほら、と次々と服の詰まったクローゼットの扉を開けてみせた彼がそう言い出したのは、今日、高沢の荷物を部屋からここに運び込むようにという櫻内の言いつけを面倒に思っているかららしかった。

「結構荷物あるのかい？」

「いや……それこそもう、全て捨ててもらっても構わない」

部屋にあるものをざっと思い浮かべたが、敢えて惜しいと思うものはなかった。賞状やら辞令やらは処分に困るかもしれないとは思ったが、惜しいとはとても思えなかった。

「随分思い切りがいいねえ。捨てていいっていうならラクはラクだけどよぉ」

自分で言い出したくせに、早乙女が驚いたように高沢を見返してきたのに、高沢はまた苦笑してしまった。

「…………」

その笑顔を見た早乙女が、なんともいえない顔になる。

「なにか？」

いつまでも高沢の顔から視線を外さない早乙女に、眉を顰めて尋ね返すと、早乙女は途端にはっとした顔になった。

「……今日はこれから奥多摩にあんたを連れて行くからさ。メシは行きがてらドライブインででも食おう。何がなんでも早く連れて行けってことだからよ、すぐ出るぜ」

何に動揺しているのか、早乙女は早口でそうまくし立てると、

「それじゃ、リビングで待ってるからよ」

バタン、とクローゼットの戸を閉め、早足で部屋を出ていってしまった。

「……？」

一体どうしたことかと高沢はそんな巨漢の後ろ姿を見やっていたが、彼の行動を解明しようというほどの興味は覚えなかった。

それより興味を覚えたのは、櫻内が何がなんでも自分を射撃の練習場に連れて行けと言ったことだ、と高沢は高級な服ばかりが下がるクローゼットで、なんの照れもなく着られそうな、そして銃を撃つのに邪魔にならない服を求め、中を探って一応ブランドものではあるが、

それとはわからぬシャツとジーンズを出して身につけた。

多分櫻内は、見抜いたのだろう。何ごとにも興味の薄い自分が、唯一心惹かれるのが射撃だということに。

ボディガードになると了承した高沢の気が変わらぬようにという配慮に違いないこの『射撃練習場』行きだが、一体どれだけの規模なのだろうと未だ見ぬかの場所に思いを馳せている自分に気づき、高沢はまた苦笑した。自分がまんまと櫻内の策にはまってしまっていることに気づいたからである。

自分を迎え入れるためにこれだけのカネをかけた男だ。さぞ立派な練習場なのだろうと高沢は自分の思考にわざと揶揄するような結論をつけると、部屋を大股《おおまた》で突っ切り、早乙女の待つリビングのドアを開いた。

リビングもまた寝室に負けずに豪華なものだった。革張りのソファにふんぞり返って煙草を吸っていた早乙女が、クリスタルの大きな灰皿でそれを揉《も》み消し立ち上がる。

「行こうぜ」

「…………」

カネがかかっている上に、決してごてごてとしているわけではない、センスのいい部屋だった。そんな中で、いかにもチンピラといった早乙女だけが浮いている。

「なんだよ」

「いや」

浮いているのは自分も一緒か、と高沢は肩を竦め、不審そうに眉を顰めた早乙女を、

「行こう」

と逆に促し玄関へと向かった。

「もともとあの部屋には誰が住んでたんだ？」

エレベーターは既にチンピラめいた若い男が開けて待っていた。他の住民の迷惑を顧みない行為に呆れつつ、いつから待っていたかわからないハコに乗り込んだあと、高沢は早乙女にそう尋ねた。たいして興味があったわけではないが、高級感溢れるあの趣味のよさは先住の誰かのものなのか、それともあの櫻内のものなのかとふと思ったからである。

「誰も。言っただろう？　ＳＭクラブだったって。どうしてもあんたを引き抜くんだって組長があの部屋を大車輪で改装したのよ。工期一ヶ月。突貫工事だったんだぜぇ」

「え」

得意げに笑った早乙女の言葉には、さすがの高沢も驚いた。まさかあの部屋が自分用にわざわざ用意されたものだということまでは想像がつかなかったからである。

「あんたが警察をクビになったって情報が入ったときの組長の嬉《うれ》しそうな顔ったらなかったからな。これだけカネかけたはいいが、あんたの引き抜きには正直組長もどの手で行くか悩んでたからさ。実現してほんと、よかったぜ」

まあ俺の金じゃないから関係ないんだけどさ、とわざわざ豪快に聞こえるような大声で早乙女が笑ったところでエレベーターは一階に到着した。

「車も国産、ドイツ車、アメ車、ああ、イタリー車もか。なんでも好きなモン言ってくれ、だそうだ。ただ、フェラーリみたいなエンジン音のでかいヤツは遊び用にしてくれだってさ。ボディガードが目立っちゃマズいからな」

ますます高沢を呆れさせることを言いながら早乙女が彼を伴い後部シートに乗り込んだのは今日はドイツ車だった。十年以上前より『ヤクザの車』として一番ポピュラーな高級車だ。

「高待遇だろ？　この不景気、こんなオイシイ職場はねえぜ」

出せ、と早乙女が運転席の若者に低く命じて車を出させたあと、また得意げな声を出し、高沢の肩を叩いてきた。

「……まあね」

「いまやヤクザ社会も斜陽化が進んでるって言われてるが、ウチの組長は違うよ。といっても香村の阿呆《あほう》のように、シノギでシャブ扱ったりするみっともねぇ真似はしねえ。なんつうかな、男が惚れ込む男よ。これからますますウチはでかくなるぜぇ。あんたもいい組に目ぇつけられた。マジでラッキーだよ」

な、とまた豪快な高笑いをした早乙女が、バンバンと高沢の肩を叩くのに、高沢はちらと呆れた視線を向けたが言葉には何も出さなかった。確かに関東一円を治める菱沼組の若頭に、格で言えば数段上の幹部衆の面々を抑えて選ばれたことだけ考えても、櫻内の組はこれからますます大きくなっていくにちがいない。

最近、ヤクザというより『暴力団』と称されることが多くなった彼らには、かつてあった『任俠《にんきょう》』の気風が薄らいできているような雰囲気があった。バブル崩壊後の不景気に加え、暴対法施行による締め付けで、ヤクザ社会も随分様変わりをしてしまった。

そんな中、『男が惚れる男』と賞賛される櫻内のような存在は珍しいのかもしれない――高沢の脳裏に、美麗としか言いようのない彼の端整な顔が甦る。

『一目惚れしたんです』

にっこりと美しい目を細め、微笑んできた美貌の男。『男が惚れる男』に惚れられたというわけか――ふとそんな考えが脳裏を過ぎり、そのあまりの馬鹿馬鹿しさに高沢は小さく笑ってしまった。

「なんでえ。思い出し笑いなんかしやがってさ」

隣から早乙女がまた、高沢の肩をかなり強い力で叩く。

「……光栄だな、と思っただけだ」

心にもないことを言っていることはさすがに単細胞の彼にもわかったようで、早乙女はちっと忌々《いまいま》しげに舌打ちし、再びバンっとかなり強い力で高沢の肩を叩いた。

「あんまり調子に乗るんじゃねえぞ」

そうチンピラ特有のつまらない脅しを口にした彼は、それから奥多摩の練習場に着くまでひとことも口を開かずにいてくれ、くだらないお喋りに辟易《へきえき》としていた高沢をほっとさせたのだった。

奥多摩の練習場は、殆ど山の中といっていいところにあった。広大な敷地内に、それこそ警察にあるような室内の射撃練習場と、外にクレイ射撃の練習場があり、ハワイやグアムにある観光客相手の射撃場に毛が生えたようなものだろうと高を括《くく》っていた高沢を驚かせた。

「うちの組長は武闘派だからな。組員にも射撃の訓練受けさせてるのさ」

ぽかん、と口を開け、室内練習場内の設備を見回していた高沢の様子に満足そうに早乙女は笑い、自分のものでもないくせに自慢げな顔になった。

「本人もいい腕してるんだぜ。まあ、オリンピック選手の候補になったっていうあんたには及ばないかもしれないけどさ」

「彼も出ようと思えば出れただろう」

不意に後ろから響いてきた低い声に、設備に気をとられていた高沢ははっと我に返り声の方へと視線を向けた。

「あ」

「久しぶりだな」

　にっと笑ってきたその顔は、高沢にとって馴染みのありすぎる男のものだった。彼が警察に入ったばかりの頃、それこそ『オリンピック出場』を勧めてくれた射撃練習場の教官、三《み》室彰正《むろあきまさ》だったのだ。

「……教官」

　確か一昨年、定年退官したという挨拶《あいさつ》状を貰った記憶があった。世話になりながらも多忙を極めていたせいで挨拶にも行けなかったが、その彼がなぜヤクザ所有の射撃練習場などにいるのだ、と眉を顰めた高沢に、

「懐かしい呼び名だ。今じゃここの雇われ管理人兼『教官』さ」

　三室は昔どおりの、苦みばしった笑みを端整な顔に浮かべ、彼の肩を叩いた。

「警察を辞めたそうだな」

　高沢が問いかけるより前に、三室は彼にそう問うてきた。

「クビになりました」

「クビね……お前のような根っからの警官を辞めさせるとは、世の中間違ってるな」

　苦笑するように笑った三室に、

「根っからというわけでは」

と高沢が俯《うつむ》くと、三室はまたにやりと笑い、

「色にも欲にも興味がない。拳銃さえ撃たせておけば満足だ……お前は俺に似てるよ」

な、と高沢の肩に手を置き、ぐるりと練習場を見回した。高沢もつられたようにあらゆる設備が完備されている彼の城をぐるりと見回す。

「退職の日に櫻内組長からアプローチがあってね。今度射撃練習場を作るので、その手助けをして欲しいという……それで好きなようにここを作らせてもらったのさ」

「……そうでしたか」

高沢はなんともいえない思いでまた、ぐるりと室内を見回した。

銃に魅入《みい》られた男がここにもいる――三室は優秀な教官だった。彼の指導で射撃の腕前をめきめきと上げていった警察官を高沢は何人も知っていた。その指導力を櫻内は手にしたかったに違いない。

それにしても、と高沢は三室に視線を戻した。櫻内は自分にあのマンションを、三室にはこの練習場を与えている。思い切りがいいというかカネの使いっぷりがいいというか、一体櫻内というのはどういう男であるのか。警察官としても、警察を辞めて櫻内の庇護《ひご》のもと生活しているという意味でも先輩にあたる彼に尋ねてみようかと思ったのである。

「……俺も拳銃さえ撃てれば満足、というクチだからな」

三室は高沢の問いかけを予想したような答えを口にし、また唇の端を上げて『苦みばしっ

た笑み』を浮かべてみせた。

「三室さん……」

「ここには日本で手に入る銃はなんでもある。三十八口径にするか、それともいっそマグナムでも撃ってみるか――まあ、ボディガードならそれほど破壊力のある銃は要《い》らないだろう。使い慣れたS&W社のものでいいかな」

「…………」

それ以上は聞くな、ということなのだろう。記憶が正しければ三室は妻を早くに亡くし、子供もいなかったように思う。警察を辞めたあと、ヤクザの世話になるという選択の妨げとなるものは何もなかったに違いない。

世間一般で考えるところの『良識』からは大きく外れた選択である。ヤクザに射撃を教えるということは、彼らのドンパチを奨励するようなものだからだ。もと警官として、そのことに抵抗がなかったわけはない。

だが彼は――三室は銃の魅力に負けたのだ。毎日のように嗅《か》ぎ続けていた硝煙の匂いを失わざるを得ない、その喪失感に耐えられず櫻内の誘いに乗ってしまったのだろうと、高沢は彼のニヒルにさえ見える微笑の陰に隠れた葛藤《かっとう》に、密《ひそ》かに同意の意を込め小さく頷いていた。

三室もまた高沢に向かい、小さく、それこそわからぬように頷いてみせる。

高沢とて同じだった。警察を辞めたその日のうちにヤクザのボディガードになるというのは、良識以前の信じられない選択だった。その選択を己に促したのは、拳銃——。

若いチンピラが恭《うやうや》しく大きな盆を持って三室の後ろに立ち盆の上に置いてある数々の拳銃を高沢へと示してみせたのに、ふらふらと彼は引き寄せられるように盆の方へと歩み寄った。

「好きなものを使うといい。的の交換はオートマティックだ。好きなだけ撃っていくといい」

ほら、と同じ盆に置いてあったイヤープロテクターを三室は高沢に手渡すと、

「それじゃあまたな」

と踵を返した。

「三室さん」

呼び止めて何を言おうと思ったわけでもなかった。ただかつて、あまりにも見慣れていた背中が当時とまるで変わっていなかった、その事実に思わず高沢は声をかけてしまったのだった。

「……なんだ」

ぴた、と足を止めはしてくれたものの、前を向いたまま三室が低くそう問い返す。

「いや……驚きました」

「リアクションが遅いな」

何も言いようがなくてぼそりとそう告げた高沢の言葉に、三室はたまらず吹き出し、よう

やく彼を振り返ってくれた。

「俺も驚いた。お前はボディガードには向かないからな」

「向かない？」

カツカツと靴音を響かせる、教官時代そのままの歩き方で三室はゆっくりと高沢の方へと歩み寄る。

「ああ。お前には、銃口を人より的に向けるほうが似合っている……お前にとっては銃は人殺しの道具じゃないからな。櫻内のように」

「……櫻内……」

ぽん、と高沢の肩を叩いた三室の手は一瞬にして去っていった。

「ヤクザのヒットマン相手には、確実に仕留めなければ——それこそ相手を殺さなければ、身の安全は守れない。そんな世界だよ……だがお前に人は殺せないだろうからな」

「…………」

「……何かあったら言ってくるといい」

な、と目を細めて微笑み、三室はまた踵を返した。高沢は再びその背に声をかけかけたが、何を言うこともないかと口を閉ざし、彼の姿がドアの向こうに消えるまでじっと見送ってしまっていた。

「銃、どれにしやすか？」

遠慮深い声が背後で響き、高沢はその方を振り返った。銃がたくさん載った盆はさぞ重いだろうに、先ほどからずっと同じ姿勢でいたらしいチンピラが声をかけてきたのである。

「悪い」

待たせたことを謝罪し、高沢は警察で使っていたのと同じ型式の銃を選んだ。

「弾はこちらになります」

チンピラは盆を床に下ろすと、ポケットを探って箱詰めにされた弾を数箱、高沢に手渡してくれた。

「ありがとう」

「何かありましたら、赤いボタンを押してください。監視室に繋がります」

「わかった」

それじゃあ、とチンピラはまた床から盆を取り上げ、部屋の外へと消えた。

「…………」

高沢は拳銃に弾を込め、イヤープロテクターを耳に嵌めると所定の位置につき銃を構えた。目の前に浮き上がってきた的に向かい引金を引く。

バァ……ン

懐かしい音がイヤープロテクターをしているために遠くに聞こえる。立ち昇る硝煙の匂いを高沢は目を閉じ、鼻孔を膨らませるようにして吸い込んだ。

そう——この匂いだ。自分を捉えて止まないこの匂い。自分を、三室を、裏社会へと引き摺り込んだのは、手に響くこのなんともいえない感覚と、立ち昇るこの火薬の匂いに違いない——。

バァ……ン

再び的に向かって銃を撃ち込んだあと、バンバンと高沢はそれこそ無心で目の前の黒い的に銃弾を撃ち込み続けた。頭の中が次第に真っ白になってゆくのが自分でもわかる。恍惚《こうこつ》とすらしている自身を、病んでいると笑う余裕を持っていたはずであるのに、いつしかそんな余裕も高沢から失われていった。

手が痺《しび》れるほどに連打した銃口を高沢がようやく下ろしたのはそれから一時間後であった。近くの赤いボタンを押し、もう終わりにすると告げた途端、がちゃりとドアが開いて早乙女が部屋に入ってきた。

「どうでえ？　満足だったろ？」

一時間も撃ちっぱなしだもんなあ、とにやにや笑う下卑た顔に、

「ああ」

と小さく頷いたとき、高沢は己が決してこの環境を——奥多摩のこの射撃練習場を捨てるような選択はすまいという自身の気持ちに気づいていた。

その日から高沢の、ヤクザのボディガードとしての毎日がはじまった。

翌日、落合のマンションに早乙女が勤務日程のローテーションの表を持ってきた。以前櫻内に言われたとおりの一日おきの勤務である。月十五日働いて三百万か、と高沢は今更のように自分のサラリーの高さに感嘆の溜息をついた。

「それからこれが組長の予定表」

日々変わるけどな、と言いながら早乙女はびっしりスケジュールが書かれた紙を一枚、高沢に渡してくれた。

「リビングにパソコンあんだろ？　あんたのメールアドレスを作って登録しておいたから。一応前日にはチェックしてくれ。このところ組長も忙しくてな、地方も多いから宜《よろ》しく頼むよ」

ヤクザも最近はＩＴ使いまくりよ、と早乙女はいつものように得意げに笑うと、

「それじゃ、明日から頼むわ」

と高沢の肩を叩き、その日は早々に帰っていった。

翌日から高沢の、ボディガードとしての生活がはじまった。といっても直接、櫻内や早乙

女をはじめとする組員たちとの交流はない。櫻内の予定にあわせ、松濤《しょうとう》にある彼の自宅を出てからまた自宅に帰るまで——時に女の部屋に泊まり込むこともあるが、その場合はその部屋まで、一日中櫻内を尾行するように陰から見守り、危害を加える者がいないかと神経を張り巡らせる、それが高沢の仕事だった。

櫻内の、俗に言う『ボディガード』の役職は、早乙女が果たしているようだった。常に彼の前に立ち、周囲に目を配っている。ただ彼は拳銃を持たされてはいないので、弾がくれば身をもって櫻内の盾になるしかないのだが、本人、至ってやる気満々のようだった。

早乙女は櫻内の伝言をよく高沢に伝えに来た。もともと人懐っこい性格なのか、無愛想な高沢相手にあれこれと話をして帰っていく。彼が最も好む話題が、櫻内の人となりで、

「もう本気で俺、惚れてるんだぜ」

と目を輝かせるこの若いヤクザを前に、高沢はなんと相槌《あいづち》を打ったらいいか迷いつつも適当に聞き流しているのだが、過度に興味深そうな素振りを見せないところが、逆に早乙女に話しやすいと思わせてしまっているようだった。

「男でもさ、あんな綺麗な顔見ると、ゾクゾクしてこねえか？」

「別に……」

「いやさ、俺だって別にホモってわけじゃねえんだぜ」

慌ててそう言い足すところをみると、早乙女には若干そのケがあるのかもしれないな、と

高沢は内心思ったが、本人に突っ込みはしなかった。

「でもさあ、組長のあの目、あの目を見ちゃうとなんか俺、ぞくぞくしちまうんだよなあ」

いつしか早乙女は高沢の部屋で、勧めもしないのに酒を飲んで帰るようになっていた。なぜか懐かれてしまったことに首を傾げつつも、別に邪魔にはならないからいいか、と高沢もときどきは彼に付き合ってやるのだが、酔ってくると必ずといっていいほど早乙女は、

「たまらねえよな」

とどう聞いても櫻内に性的な興味を覚えているような発言を繰り返し、高沢を苦笑させるのだった。

「しかしあんたさ、ほんとにボディガードしてんのか？　他のヤツは結構俺、尾行に気づくけど、あんただけは全く気づかねえんだよなあ」

「もとプロだからな」

呂律《ろれつ》のまわらない口調でそう絡んでくる早乙女は、普段本当に高沢の尾行に気づいていないようだった。他の組員も同じようなものだろうと思っていたが、ただ櫻内だけは常に正確に高沢の位置を把握し、時に早乙女の言う『綺麗な目』を細め微笑みかけてくることもあった。長年『プロ』として尾行をしてきた自分をここまであっさりと見抜く櫻内の慧眼《けいがん》には、高沢も一目置いていたが、逆にここまで目端の利《き》く男には、ボディガードなど必要ないのではないか、と思わないこともなかった。

それこそ拳銃でも街中でぶっ飛ばされるのなら話は別だが——と高沢が思っていたところに、事件は起こった。

いよいよ跡目相続の話が詰まり、暴対法施行後、最大といっていいほどの襲名披露が関東で行われる準備が整いはじめたというある日、いつものように高沢は少し離れたところから、早乙女たちに周囲をガードされた櫻内を尾行していた。

早乙女をはじめ、周囲にいるヤクザたちはいかにも『ヤクザ』という身なりをしているのだが、中心にいる櫻内は常にどこのエグゼクティブかと思われるような、スマートなスーツ姿だった。

身長が高いというだけでも見栄えがするが、早乙女に劣情を抱かせるほどの美貌を惜しげもなく晒《さら》し、イタリアものの高級スーツに身を包んだ姿はどこからどう見てもヤクザには見えなかった。かといって、雑誌に出てくるモデルの美貌とはまた違う雰囲気がある。顔立ちやスタイルはさすがにそれが商売道具である海外のモデルの方が勝っているのかもしれないが、グラビアの中の彼らが単に『作られた』役柄を演じている、うすっぺらな印象を与えるだけなのに反し、櫻内の美貌はなんというか、それ自体が強い光を発しているような独特の迫力があった。

その仕草のひとつひとつが、たとえそれがちらとどこかを見やったり、軽く眉を顰めたりするだけであっても、はっと人目を惹くものがある。思わず見惚れてしまうのは、顔立ちの美しさだけではない、たとえようもない魅力があるからなのだろうと、このひと月あまり彼に張り付いていた高沢も、それを認めざるを得なかった。

今日もそれこそ擦れ違う人間が皆、つい振り返ってしまうような惚れ惚れする様相の櫻内は堂々とした態度で歌舞伎町を闊歩《かっぽ》していた。三次団体の事務所に所用があると言っていたな、と彼らと平行して歩きながら高沢が周囲に目を配ったそのとき、人垣の中から真っ直ぐに櫻内を狙う銃口に気づき、慌ててその場を駆け出した。

「危ないっ」

高沢の声に、銃口を向けていた男がまず反応した。しまった、というように一瞬の躊躇《ちゅうちょ》を見せた後、それでも強引に引金を引こうとしている男の顔には、見覚えがあった。

「よせっ！　森田《もりた》！」

何度かパクったことがあるチンピラが、高沢を見てぎょっとした顔になった間に、早乙女が櫻内の前に立ちはだかり、身を挺《てい》しての盾となった。

「うるせえっ」

「きゃーっ」

通行人たちが森田の持っている拳銃に気づき、周囲で悲鳴が上がる。その声に触発されたかのように森田が真っ直ぐに早乙女に銃口を向けたのに気づき、高沢は既に止める手立てはないと拳銃を抜き、森田の肩を撃ち抜いた。

「きゃーっ」

銃声が轟き渡った後、周囲は大混乱となった。

「うう……」

森田がその場で蹲《うずくま》る。その周囲を櫻内に同道していたヤクザたちが囲もうとしたのを、

「よせ」

と制したのはその櫻内だった。

「警察が来る前に行くぞ」

「はい」

確かに発砲事件ともなればすぐ警察が出動するだろう。自分も身を隠さねば、と思い踵を返しかけた高沢は、蹲っていた森田が左手に拳銃を握り直したのを見てぎょっとした。

「危ないっ」

去ってゆく櫻内の背中に真っ直ぐに銃口が向けられている。しまった、こいつは両手利きだったのか、と高沢は思わず銃口の前に飛び出し、今度は森田の左肩目掛けて弾を撃ち込んだ。

バーン　バーン
二発の銃声があたりに轟き、またも周囲は物凄《ものすご》い喧騒《けんそう》に包まれる。

「……っ」

高沢の撃った弾は正確に森田の左肩を貫通していたが、同じときに森田の拳銃から発射された弾が目標を大きく外れ、運の悪いことに高沢の右足の太腿《ふともも》に命中していた。

焼け付くような痛みに顔を顰め、高沢はその場に崩れ落ちそうになるのを気力で堪えていた。

「うう……」

両肩を撃たれた森田は、もう立ち上がる気配はない。痛みに呻《うめ》き続ける彼を前に、その場に立ち尽くしてしまっていた高沢の耳に、遠くパトカーのサイレンの音が響いてきた。

「おい、大丈夫か？」

慌てて駆け寄ってきたのは早乙女だった。高沢はそんな彼の胸を、拳銃を持った手で押しやると、痛む足を踏みしめ一人歩き始めた。

「おい、どうしたんだよ？」

「……拳銃保持してる人間と、係わり合いになっちゃマズいだろう」

そういう契約だったじゃないか、と尚《なお》も追ってこようとする早乙女に高沢は低く告げ、必死で路地に向かって歩き始める。

「そりゃそうだけどよ、あんたそれじゃ、つかまるぜ」

おろおろとした声を上げた早乙女は、どうしたらいいかわからないようで、更に高沢を追ってくる。と、そのとき、

「何を愚図愚図している。早く神部《かんべ》の車に乗せるんだ」

後ろから聞き覚えのある声が響き、高沢は驚いたあまり足を止め、肩越しに振り返ってしまっていた。

「組長……」

早乙女も驚いたように声の主を——櫻内を振り返り、あんぐり口を開けている。

「……契約は……」

思わずそう呟いてしまった高沢に、櫻内はその美しい瞳を細めて微笑んだ。

「命の恩人ですからね——やり方のマズさはあったにせよ」

「…………」

きゅっと唇の端を上げて微笑んだ彼の目は、少しも笑ってはいなかった。

「早く運ぶんだ。それから秋山《あきやま》先生に連絡を」

「わかりました」

直立不動になった早乙女が、いきなり高沢に近づいてきたかと思うと軽々と彼の身体を持ち上げ、肩に担いだ。

「おいっ」

「ちんたら歩いてる暇ぁねえんだ。すぐサツが来るからよ」

こっちだ、と人一人担いでいるとはとても思えぬ速さで早乙女は路地を駆け抜け、停《と》めてある車に高沢を放り込むようにして乗せると、運転席に乗り込んできた。

「医者も呼んでやるからよ、ちょっと辛抱してくれ」

キキ、と辺りにタイヤの擦れる音が響き渡るような乱暴さで車を出した早乙女がミラー越しに高沢に笑いかけてくる。

「……ああ」

頷いた高沢の脚は既に痛みに痺れ、感覚がなくなってしまっていた。油断したな、己の不《ふ》甲《が》斐《い》なさに高沢は大きく溜息をつく。

右肩を撃ち抜いただけで安心してはいけなかったのだ。そのあと彼から拳銃を取り上げなければ意味がなかった。今回はなんとか事なきを得たが、もし一瞬でも遅ければそれこそ『油断した』ではすまない事態が——櫻内の背中を弾が撃ち抜くような事態が起こっていたかもしれないのである。

『命の恩人ですからね——やり方のマズさはあったにせよ』

少しも笑わぬ目で微笑んでいた櫻内は、相当頭にきていたに違いない。もともとの契約内容を考えると、あの場に放置されても文句は言えなかったのに、こうして救いの手を伸ばしてきてくれたことを感謝しなければならないのだろう、と高沢はまた大きく溜息をつき、脂汗の滲んできた額を手の甲で拭《ぬぐ》うとシートに身体を沈めた。

「大丈夫かい？」

早乙女が苦しげな高沢の様子に、心配そうに声をかけてくる。

「……ああ」

車の振動が痺れた足に新たな痛みを呼び起こす。熱した鉄の棒を脚に無理やり突き立てられるような痛みを感じてはいたが、高沢はただ低くそう頷き、歯を食いしばってその痛みに堪《た》えた。

落合のマンションに高沢が運び込まれたのとほぼ同時に医者がやってきた。被弾した傷では病院に行くわけにはいかず、その場で手術となったのだが、秋山という医者は相当こういったことに慣れているのか、早乙女をはじめとするチンピラたちにあれこれと命じ、手際よく高沢の腿から弾を取り出す手術を済ませた。

「二週間後に抜糸に来るから、痛み止めの点滴が明日以降も必要なようなら言いなさい」

そういって点滴をしてくれているところに、組員たちがいきなり新しいベッドを室内に運び入れてきて、高沢をぎょっとさせたのだった。

「なんでえ、そりゃ」

付き添っていた早乙女も驚き、それを運び込んだチンピラに尋ねている。

「組長の命令です。当分生活が不自由になるだろうって」

運び込まれたベッドは、入院病棟にあるあの、リクライニングの医療用のものだった。

「なるほど。シモの心配もあるしなあ」

ぽん、と膝を打った早乙女の横で、

「いやあ、トイレくらいは自分で松葉杖つけば行けるよ」

と医者の秋山が、ぎょっとした顔になった高沢に笑いかけた。

「彼は鍛えてるしね。結構回復は早そうだと思うよ」

「じゃあベッドは無駄かい」

なんでえ、とさっきまで運び込まれることすら知らなかったはずの早乙女が口を尖《とが》らせたのに、秋山は笑うと、

「無駄ってことはない。このベッドに寝てるよりゃ楽だろう。移動させてやるといい」

と早乙女を促し、高沢をいつも寝ている豪華なベッドから、キャスターのついた病院用のベッドへと移動させた。

「しかし広い部屋だねえ。ベッド二つ置いてもまだスペースがある」

うらやましいくらいだよ、と秋山は笑うと、

「それじゃ、もしなんかあったら呼んでもらいなさい」

と高沢に声をかけ、早乙女に向かって、

「いつでも連絡くれていいからね」

と言い置くとすたすたと部屋を出ていってしまった。直接連絡を取ることはできないのだな、とぼんやりとその後ろ姿を見送っていた高沢は、不意に早乙女が上から自分を見下ろし

てきたのに驚き、

「なんだ？」

と幼さの残る彼の顔を見上げた。

「いやさ。ちゃんと俺、礼言ってなかったからさ」

「礼？」

ぼそりと呟いてきた早乙女の言葉の意味がわからず問い返すと、早乙女はぽりぽりと人差し指でこめかみの辺りを掻《か》きながら、

「俺の命の恩人でもあるんだよな。あんたさ。だから……」

ありがとな、とぺこりと頭を下げられ、高沢は思わず苦笑した。

「なによ」

じっと高沢を見下ろしていた早乙女の顔がみるみる赤く染まってゆく。

「いや……仕事だからね」

「そんなこたぁ、わかってるんだけどよぅ」

それにしたってよう、と声を張り上げたあと、早乙女は不意にがくん、と常に必要以上にいからせている肩を落とした。

「……死ぬかもしれねえ……今日くらい、そう思ったことはなかったからよぉ」

「お前……」

「ああ、別に俺は、命が惜しいんじゃねえぜ？　組長の盾になって死ぬのは本望なんだけどよ」

慌てたようにそう言い足した早乙女に、高沢はわかった、というように頷くと、ぽつりと一言、

「誰だって死ぬのは怖いさ」

と小さな声で呟いた。

「だから俺は、死ぬのは怖くねえんだって」

「わかってるよ」

途端にまた大声を張り上げた早乙女に、高沢は苦笑し、頷いてみせる。正確な年齢を聞いたことはなかったが、多分二十歳そこそこなのだろう。誰だって目の前に拳銃を突きつけられたら、死への恐怖に震えるものだ。若さゆえ色々無茶はしてきただろうが、今日のようにあそこまで死に直面するのは、早乙女にとって初めてだったのかもしれない。

命があってよかった、と喜びを口にしたい気持ちはわかると高沢はつい笑ってしまったのだが、その笑顔を前に早乙女はなぜか顔を赤らめ、

「うるせえなあ」

と力なく呟くと、ふい、とそっぽを向いてしまった。

「…………？」

いつもとまた違う彼の様子に、高沢が眉を顰めたそのとき、急にばたばたと隣のリビングからやかましい音が響いてきたかと思うと勢いよく境の戸が開き、数名のヤクザたちがわらわらと室内に入ってきた。

「く、組長」

早乙女が驚いてその場で直立不動になる。入ってきたヤクザたちも頭を低く下げる中、輝くような美貌を誇る櫻内組長が、真っ直ぐに高沢の寝るベッドに向かって歩み寄ってきた。光沢のあるイタリアものスーツには塵《ちり》一つついていない。綺麗に後ろに撫で付けた髪といい、顔が映りそうなほどに磨き上げられた黒い靴といい、手入れの行き届いた指先の、桜貝のごとき美しい爪といい、相変わらず周囲を圧倒するほどのインパクトを持つ『端整』そのもののいでたちに高沢が見惚れてしまっている間に、櫻内は彼のベッドの枕元まで歩み寄り、真っ直ぐに彼を見下ろしてきた。

「手術は無事済んだそうだな。全治二ヶ月――馬鹿なことをしたものだ」

「馬鹿？」

何が馬鹿なのだ、と高沢が眉を顰めたのは櫻内を非難したかったからではなく、正直何を言われているかがわからなかったからだった。だが櫻内には彼の返答が自分に対して反抗的な響きをもって聞こえたらしい。

「馬鹿だろう？　最初の一発目で仕留めておけば、被弾することなどなかったのだから」

とあきらかに馬鹿にしたようにそう言うと、

「なあ」

と早乙女を振り返った。

「はあ……」

早乙女は高沢に命を助けてもらった恩があるからか、いつものように一も二もなく櫻内に同意しない。櫻内は一瞬早乙女を睨んだあと、「まあいい」と作ったような笑顔になると、

「わかったな？　これからはヒットマンには容赦しないことだ」

と高沢のベッドの手すりに手をかけ、ね、と彼の顔を見下ろした。

「殺せということか」

「そういうことだ」

「…………」

馬鹿な、と思って問い返したのに、その通りだと即答され、高沢は彼にしては驚いて両目を見開いてしまった。

「ヤクザのボディガードとはそういうものだよ。殺さなければ殺される。今日だって危ないところだったじゃないか。それでまだ、そんな甘いことを言っているようでは困るな」

ガチャ、と金属の手すりを揺らし、櫻内はそう言うと、

「なあ、早乙女」

と再び若き彼のボディガードを振り返って同意を促した。

「はあ」

歯切れ悪く頷く早乙女を見る櫻内の目がすうっと細められる。

「あ、いえ、自分もそう思います」

唇は相変わらず微笑んだままであったが、その眼光は射るように鋭く、早乙女は慌ててまた姿勢を正すと、叫ぶようにそう言い、大きく頷いてみせた。

「…………」

そんな彼の様子を櫻内はちらと眺めただけで目を逸らせると、今度は高沢へと視線を移した。

「それで、どうする？」

「…………？」

何がだ、と眉を顰めた高沢に、櫻内はにっこりと微笑むと、

「この二ヶ月、ボディガードの職務には就けないだろう？　どうするんだ、と聞いているんだよ」

と腰を屈め、高沢の顔を覗き込んできた。

「ああ……」

おぼろげながら高沢に、櫻内の言いたいことがわかってきた。先払いした三百万を返せ、

と言っているのだろう——来月は働けないのであるから、サラリーはナシだと言いたいのかもしれない。いや、これを機に人殺しの出来ぬ自分を放り出そうとしているのかも——それらの考えが一気に高沢の頭を駆け抜けたが、それならそれでいいかという諦《あきら》めがあとを追いかけてきた。

もとよりなりたくてなったボディガードではない。これでこの職を失うことになっても惜しいものではないな、と高沢は早々に結論を出し、櫻内の口にするであろう金を返せという要請か、解雇の通告を待ったのだった。しかし櫻内はまるで高沢の予想もしていなかったことを実は考えており、『おぼろげ』どころか高沢は少しも彼の『言いたいこと』をわかっていなかったということにすぐに気づかされることとなった。

「ボディガードのかわりに、私のために何をしてくれる？」

「かわり？」

何を言い出したのだ、と眉を顰めたのは高沢だけではなかった。周囲の組員たちも皆、一《いち》様《よう》に戸惑った顔をしている。

「そう。私の命を守るかわりに、このふた月、何をしてくれるのか、と聞いているんだよ」

櫻内の端整な顔が次第に高沢へと近づいてくる。天井の灯りを背にしているために、彼の表情は今ひとつ読み取れないものがあった。薄紅い唇の艶《つや》だけがなぜか妙に高沢の目に印象的に映っていた。

「……何をしろと言うんだ」

嫌な予感が今更のように高沢の身を染めていた。一体櫻内は自分に何をさせようというのか――考えられることはいくつかある。

殆ど足の自由の利かぬ状態であっても高沢ができることといえば、それまでの職歴である警察内の情報のリークか――もし求められたとしても、もとより高沢には警察関係者に繋がるパイプもないのだが――はたまた、それこそ怪我が治ったあと、ヒットマンを差し向けてきた相手を殺しに行けという要請か――。

どちらにしろ求められても『断る』以外の選択はないのだが、と内心溜息をついた高沢であったが、頭の上でくすりと笑った櫻内が口にした彼の問いへの答えには仰天し、思わず大きな声を上げてしまっていた。

「その身体で出来ることをしてもらう――とりあえずは愛人にでもなってもらおうかな」

「愛人??」

一体何を言い出したのだ、と目を見開いた高沢に、

「そう。愛人だ」

と櫻内はにっこりと目を細めて微笑んでくる。

「馬鹿馬鹿しい……」

何をふざけたことを、と思ったのは高沢だけではなかった。室内にいる組員たちも、櫻内

がジョークを言ったのだと思ったようで、くすくすと忍び笑いを始めている。

「馬鹿馬鹿しいということはないよ。足の自由がきかないだけで、君の身体は充分私を楽しませる機能を有している。このふた月は君のその『機能』にサラリーを支払おう、と言っているんだよ」

「……機能……」

じっと己を見下ろす櫻内の眼差しにもその口調にも、少しもふざけた様子がないことが高沢を戸惑わせていた。彼の戸惑いは周囲に伝染し、笑っていた組員たちも、何事が起こるのかと息を呑み見守っている。

「早乙女」

「はい」

不意に櫻内が身体を起こしたせいで、天井の灯りが高沢の目に飛び込んできた。眩しさに一瞬顔を顰めた彼の耳に、櫻内の早乙女へのとんでもない命令が響いた。

「天井から手枷を下ろして腕を縛れ」

「……え？」

早乙女が驚いた声を上げた途端、櫻内の怒声が飛んだ。

「早くしろ」

「は、はい」

慌てて早乙女が部屋の隅に立てかけてあったフックのついた長い棒を手に部屋の中央、高沢のベッドの近くまで歩み寄ると、天井に固定してある金具をその棒の先で外した。ジャラジャラと音を立てて鎖が天井から降ってくる。ちょうど高沢の頭の上で、初めてここに連れてこられた日に己の手首を捉えていた、革製の手枷がゆらゆらと揺れ、一体何が起こっているのかと高沢は馴染みのないその物体を言葉もなく見上げてしまっていた。

「腕を縛れと言っただろう」

「はい」

高沢が呆然《ぼうぜん》としていられる時間は短かった。不機嫌さを隠さぬ声で櫻内が早乙女に命じたのを聞いたと思った途端、大股でベッドへと近づいてきた早乙女に両手を取られてしまったのだ。

「おい？」

「…………」

早乙女はなんともバツの悪そうな顔をしたかと思うと、ふいと高沢から視線を逸らせた。

「誰か、手伝ってやれ」

櫻内の言葉に数名の組員たちがわらわらとベッドの周りに集まってくる。

「よせ」

何のつもりだ、と高沢は早乙女の、そして他の組員たちの手を逃れようとしたが、数名がかりでは『抵抗』までにも至らず、あっという間に両手を捉えられ天井から下がる手枷に繋がれてしまっていた。ベッドの高さの分だけ鎖が余るのか、なんとか仰向けに寝ていられるのだが、背中は半分浮いている。不自然に腕を上げさせられた体勢のキツさに、高沢は眉を顰めて捉われた腕を見上げた。

「ここはもういい。外で待機するように」

「はい」

櫻内の言葉に組員たちは一瞬顔を見合わせたが、すぐに深く頭を下げるとそのまま部屋を出ていってしまった。

「早乙女、お前ももういい」

一瞬躊躇し、その場に佇《たたず》んでしまっていた彼に、櫻内の厳しい声が飛ぶ。

「はい」

早乙女は慌てて姿勢を正すと、ちらと一瞬高沢を見たあと、そそくさと部屋を出ていってしまった。バタン、と静かにドアが閉まる音が、室内には櫻内と自分しかいないのだという感慨のもと、やけに生々しく高沢の耳に響いてくる。

「……それではじめようか」

「…………」

にっこり、という擬音が聞こえるほどに晴れ晴れと笑った櫻内が、ゆっくりと高沢へと歩み寄ると、おもむろに彼のシャツのボタンへと手をかけた。

「……おい」

淡々とした仕草で上から順番にボタンを外していった櫻内の手が、迷いもせずに高沢の下半身を覆っていた毛布を引き剝《は》ぎ、トランクスへとかかった。脚の手術のために既にジーンズは脱がされていたのである。

「な……っ」

一気にトランクスを引き下ろされた驚きに、高沢は思わず息を呑んだ。まだ局所麻酔が利いているので弾を取り出した脚は痛みはしないのだが、包帯がぐるぐると巻かれたその脚から、櫻内はトランクスを引き抜くと、ぽん、と後ろに弧を描くようにして放り投げた。

「なにを……」

「何って……決まっているだろう」

ねえ、と微笑んだ櫻内の手が、シャツの前をはだけさせた高沢の裸の胸を這う。

「……おい……」

その指先が胸の突起を通過したとき、ぞくりと悪寒によく似た感触が湧き起こり、高沢の身体を竦ませた。

「思ったとおり……綺麗な身体だ」

うっとりとした口調で呟いた櫻内の手が、次第に下へと向かってゆく。

「よせっ」

下腹の茂みを撫で上げた後、櫻内の手が高沢自身を摑んだとき、高沢は嫌悪のあまり思わず大きな声を上げてしまっていた。

「……暴れると傷に障るよ」

くすくす笑いながら櫻内が手の中の高沢を握り直し、先端を親指と人差し指の腹で擦り始めた。

「悪ふざけはいい加減にしろ」

「往生際が悪いのもいい加減になさい」

ね、と笑った櫻内のもう片方の手が、高沢の胸を撫で回し始める。

「よせっ」

ぞわぞわと下肢を襲うなんともいえない感覚から逃れようと高沢は身体を捩ろうとしたが、手術した脚には力は入らない上に、両手を頭の上で縛られ、天井から吊るされていては思うように身体も動かなかった。次第に彼の胸を、雄を弄《いじ》る櫻内の手が速まってくる。既にぷっくらと勃《た》ち上がった胸の突起を櫻内の細く長い指が摘《つま》み上げたとき、彼のもう片方の手の中にある高沢の雄がびくく、と大きく脈打った。

「随分感じやすくていらっしゃる」

くすりと笑った櫻内が、尚も胸の突起を摘み上げる。

「……よせ……」

発した声が震えていることに気づき、高沢は息を吸い込むと声の調子を整えようとした。

その間にも櫻内の手は休むことなく彼の胸を、その雄を弄りまわしている。執拗《しつよう》なくらいに先端を擦り、時折鈴口に爪をめり込ませてくる櫻内の手の動きに、すっかり勃ち上がった高沢の雄はびくびくと震える。早くも先走りの液が滲んだ先端をまたぐりぐりと弄られて、高沢は思わず達しそうになってしまうのを必死で腰を引いて耐え、

「おい……っ」

と櫻内の手を止めさせようと必死で声を絞り出した。

「なんだ」

「……よせ……もう洒落にならない」

「もとより洒落のつもりはないよ」

何を言っているんだか、と笑った櫻内は、それでも高沢を弄っていた手を退《ど》けた。思わずほっと安堵《あんど》の息を漏らしてしまった高沢だったが、櫻内が手を退けたのは、彼の寝るベッドへと上がりこんでくるためだということがわかったときにはまた、

「おいっ」

と思わず抗議の声を上げてしまっていた。

「だからなんだ」

「……っ」

一体どのくらい気を遣えばここまで完璧にプレスできるのだろうというほどにきっちりと折り目のついたスラックスの膝を折り、高沢の裸の下肢の横へと上がりこんできた櫻内の手が彼の両脚に掛かり、その場で大きく開かせる。包帯の上こそ摑まれなかったが、まるで高沢の怪我への配慮もないほどの強引さで櫻内は無理やり開かせた高沢の両脚の間に座り込むと、彼の脚を抱えたまま、ゆっくりと覆い被さってきた。

「……男は初めて？」

くすりと笑った櫻内が、無理に腰を上げさせられ、眉を顰めた高沢の耳元にそんな言葉を囁いてくる。

「……当たり前だ」

「それじゃ答えになってない」

くすくすと楽しげな笑い声を上げながら、櫻内は高沢の首筋に唇を落とし、きつく肌を吸い上げてきた。

「……っ」

ゆっくりと櫻内の唇が首筋から胸へと下りてゆく。片脚を離した手が、先ほどまで弄られ、紅く色づいてしまっていた高沢の胸の突起を撫で上げ、きゅっと摘み上げた。

「……ぁっ」

唇から漏れた己の声に高沢は正直驚いた。まるで女の喘ぐ声のようだと唇を噛んだ彼の胸から、櫻内が顔を上げ、くすりと笑う。

「……いい声だ」

「……っ」

にっこりと目を細めて微笑んだ彼が、高沢を見上げたまま、長い舌を出しぺろりと彼の胸の突起を舐《な》め上げた。びく、と高沢の身体が震えると同時に、櫻内と高沢の身体の間で先走りの液を零すほどに勃ちきっていた高沢の雄もびくん、と震える。

「…………」

ふふ、と含み笑いをしてみせた櫻内がまた顔を伏せ、胸の突起を舐《ねぶ》り始めた。

「……んっ……んんっ……」

やめろ、と身体を捩りたいのに体重で押さえ込まれてしまって身動きをとることもできない。やがて櫻内の唇が胸から腹へと下りてきた。

「……おいっ……」

またもちらと目線を上げた櫻内が、わざと高沢の勃ちきったそれを摑み、先端に唇を近づけてゆく。

「よせっ……」

ちゅ、と音を立てて先端にキスをしてみせたパフォーマンスに、高沢は思わず声を荒立ててしまった。ぬらぬらと光る先端に、チュ、チュ、と何度も唇が押し当てられたあと、また目を上げてにやりと笑った櫻内がゆっくりとそれを口の中へと収めてゆく。

「やっ……」

櫻内の口内の熱さに思わずいきそうになってしまい、高沢は腰を引いて達するのを耐えた。口に含まれて達してしまいそうになるとは、相当たまっていたのだろうかなどとくだらぬことを考えているのは気を紛らわせたいためだった。高沢のそれに櫻内のざらりとした舌が絡みつき、力強く吸い上げてくる。力を込めた唇が竿《さお》を扱《しご》くように上下し、手で陰嚢《いんのう》を揉みしだかれると、最早高沢は我慢ができなくなり、

「よせっ」

と叫びながら、必死で身体を捩り、櫻内から逃れようとした。

「…………」

にや、とまた櫻内は目を上げて微笑むと、今度は先端に舌を絡めながら竿を激しく扱き上げた。もう駄目だ、と高沢は思わず目を閉じた。と同時に櫻内の口の中で彼は達し、白濁した液を飛ばしてしまったのだった。

「……あっ」

ごくん、と喉《のど》を鳴らして櫻内が、高沢の精を飲み下《くだ》した。生々しいその音に、高沢の頭にカッと血が上る。櫻内を睨み下ろしたとき、見たくもないのにはだけられた胸の、紅く勃ち

上がった突起が目に入り、羞恥心《しゅうちしん》と怒りがない混ぜになった憤りが彼に怒声を上げさせた。

「いい加減にしろっ」

手の自由さえきくのであれば、達したあとも彼自身をまるで清めようとするかのように舐り続けている櫻内の髪を摑んで顔を上げさせていた。脚の傷さえなければ蹴り上げてやるところだ。高沢の今までの人生で、男に言い寄られたことは勿論――二丁目のオカマに冗談半分でコナをかけられたことくらいはあったが――身体を触られたり、ましてや性的な行為を強要されたことなどなかった。

それが今、身体の自由を奪われた上にいいように身体を弄られ、射精までさせられてしまったことに高沢は激しく動揺し、同時に抑えがたい怒りに身を震わせていた。同じ男として力で捩じ伏せられることほど悔しいものはない。確かに月三百万の破格のサラリーでボディガードになる約束は交わしたが、こんな屈辱的なことまで受ける謂《いわ》れはないと、再び高沢は怒りのままに、

「よせと言っているんだっ」

と己の脚の間に顔を埋める櫻内を怒鳴りつけた。

「……威勢のいいことで」

櫻内が萎《な》えた高沢を握ったまま顔を上げ、くすりと笑ってみせたかと思うと、長く紅い舌を出し、ぺろりと彼の竿を舐め上げた。

「よせっ」

わざと自分に見せつけるようなその所作《しょさ》に、ますます高沢の怒りは煽《あお》られる。

「怪我人だと思って手加減してきたが、配慮は不要だったということだな」

くす、と笑った櫻内がまた、ぺろりと裏筋を舐め上げる。びく、と己の身体が震えてしまったことへの忌々しさから高沢は怪我をしていない方の脚で櫻内の腹を蹴り上げようとした。麻酔が切れてきたのか、途端に逆の脚に重い痛みが走り、動作が鈍る。

「おっと」

櫻内には既に高沢の動きは読まれていた。わざと大迎に避けてみせたあと、太腿を抱えて制すると、

「仕方がないな」

やれやれ、というように笑って身体を起こし、高沢の包帯を巻いた脚を抱え込んだ。

「……っ」

包帯の上から傷口を摑まれ、あまりの痛みに高沢が息を呑む。苦痛の呻きが彼の唇から漏れるのにも構わず櫻内は摑んだ脚を開かせたまま抱え上げると高沢の身体を二つ折りにし、高く腰を上げさせた。

「……っ……」

煌々《こうこう》と灯りのつく中、恥部を曝《さら》け出された格好への羞恥も薄れるほどの痛みに高沢の意識

が薄れかける。が、片手を離した櫻内がジジ、と自身のファスナーを下ろし、そこから取り出したものを未だかつて人には触れられたことのない部分に擦りつけられたときにはぎょっとし、思わず、

「よせっ」

と悲鳴のような声を上げてしまっていた。

「力を抜いておいたほうがいいね」

ふたたびぐい、と高沢の脚を高く上げさせた櫻内が、怒張しきったその先端を無理やりそこへと——高沢の後ろへと捻《ね》じ込もうとしてきた。

「……痛っ」

あまりの異物感に高沢は悲鳴を上げた。見上げた先には、膝を立ててそれを無理やり捻じ込もうとする櫻内の姿がある。秀麗な美貌は身に纏う衣服に相応しかったが、高沢のそこへと侵入してくる彼の雄はその外見が醸し出す上品さをまるで裏切るものだった。黒光りするその太さは、男性なら誰もが羨望《せんぼう》の念を抱くであろう。そのものの立派さだけではなく、櫻内のそれには常人にはないある特徴があった。竿の部分にぼこりぼこりと球状のものが入っている。高沢が冷静に観察できる状況であれば、これが噂に聞く『真珠』かと感心したであろうが、勿論彼にその余裕があるわけでもなかった。

「……よせっ……やめ……やめろっ……」

強引に腰を進めてくる櫻内の動きに、高沢は本気で悲鳴を上げていた。激痛が激痛を呼び、あまりの痛みに再び高沢の意識は朦朧《もうろう》としてくる。

「……キツいな」

う、と低く呻いた櫻内が高沢の脚を抱え直し、更に腰を上げさせる。辛い体勢ではあったが苦しさを感じる余裕が既に高沢にはなかった。櫻内の雄が挿入されるにつれ疼痛《とうつう》と異物感がそこを襲い、吐き気すら込み上げてくる。

「……やめ……っ」

ぐい、と櫻内が強引に抱えた高沢の脚を引き寄せ、自身を根元まで埋め込んだのに、高沢はまた悲鳴を上げてしまっていた。生理的な涙が両目から溢れ、こめかみからシーツへと流れ落ちてゆく。汗と涙と涎《よだれ》とで濡《ぬ》れた顔を拭おうにも、両手の自由を奪われていてはそれもかなわず、その手枷ゆえに櫻内が脱がせきれなかったシャツをまとった肩に顔を押し付け、高沢は必死で自身を苛《さいな》み続ける激痛に耐えていた。

「……これから仕込み甲斐がありそうだ」

ふう、と小さく息を吐いた櫻内が笑い、高沢の脚を抱え直す。

「……っ」

結合が深まった痛みに息を呑んだ高沢は、やにわに腰を前後しはじめた櫻内の、その動きが生む激痛にまた耐え切れずに大きな悲鳴を上げていた。太い鉄の棒で内臓をかき回されているかのような異物感に加え、櫻内が抜き差しするたびに擦り上げられる内壁に激痛が走る。広がりきった入り口は、ぼこりとしたその部分が飲み込まれ吐き出されるたびに痛みに震え、高沢にますます悲鳴を上げさせた。

「やめろ……っ……やめてくれっ……」

生理的な涙が次第に『懇願』の意味を帯びてくる。そんな自身を恥じることもできぬほどの痛みに高沢はついに耐え切れず、泣き叫びながらいつしか意識を失ってしまったようだった。

「…………っ」

どさり、という、自身の脚がシーツへと下ろされた音と感覚に、高沢は低く呻き、薄く目を開いた。

一瞬自分がどこで何をされていたのかがわからず、定まらぬ視線をぼんやりと天井へと向けたと同時に、ガシャ、という音とともに手枷が外され、感覚のなくなっていた手がまるで物体のような重さでもって胸の上へと落ちてきた。

「……っ」

またも、う、と呻いた高沢の視界一杯に、美しい瞳が広がって見えていた。見ようによっては『慈愛の笑み』ともとれないことのない、長い睫に縁取られた美しい黒い瞳は、高沢の視線を捉えたことを察すると、嬉しげな微笑にまた細まった。

「……気を失うとはあなたらしくないな」

紅い唇の両端をきゅっと上げて微笑む端整な顔——既に服装を整え終え、ベッドから降りて高沢の顔を見下ろしていた櫻内が、馬鹿にしたような口調でそう笑うのに、高沢はただ無言で顔を背けた。

疼痛はまだ下半身を去らず、不格好に広げさせられたままの脚を閉じることも出来なかった。じんじんと手術の痕《あと》が思い出したように熱っぽい痛みに疼《うず》いている。この痛みさえなければ、とても現実に自分の身に起こったこととは思えぬ体験だった。犯されたのだ、と思うにつけ屈辱で身体が震えてくる。

「……そう。そういう顔がなにより『あなたらしい』顔だ」

「…………」

どういう顔だ、と高沢は頭の上でくすくす笑い続ける櫻内を思わず睨み上げてしまった。

「……いい目だ」

じっと高沢に視線を注ぎ続けていたらしい櫻内が、目が合ったことに気づきにっこりと微笑みかけてくる。

「……ふざけるな」

怒声を浴びせかけようとしたが、その声は驚くほどに掠《かす》れてしまっていた。途端に高沢の耳に、自身が泣き叫び許しを乞うた声が甦り、瞬時にして彼をいたたまれない気持ちへと追い込んでいった。

「……私がふざけてなどいないことは、充分わかったはずだけれどね」

再び唇を嚙んだ高沢に、櫻内はにっこりと、鮮やかな微笑を浮かべてみせたあと、不意にドアへと視線を向けると、

「早乙女！」

と大きな声を出した。

「お呼びですか」

がちゃ、と小さくドアが開き、早乙女が隙間から顔を出す。

「足が使えないと何かと不便だろう。当分お前が世話してやってくれ」

「なっ……」

あごをしゃくって高沢を示した櫻内の言葉に高沢はぎょっとし、涼しい顔でそう告げた彼の顔を見上げてしまった。

「世話って……」

ドアを大きく開き室内に入ってきた早乙女が、う、と息を吞んだのがわかった。高沢の身

を襲ったあまりの惨状に言葉を失ってしまったらしい。

「風呂にも入れないだろうからな」

くすりと笑った櫻内は早乙女の肩を叩くと、大股で部屋を突っ切りドアへと向かった。勢いよくドアを開き、部屋を出る。必要以上に大きなバタン、というドアが閉まる音が室内に響き渡った。

「……まさか本当にヤるとは思わなかったぜ」

はあ、と早乙女は大きく溜息をつくと、なんともいえない顔で下半身を裸に剝《む》かれた高沢の顔を見下ろした。

「…………」

櫻内一人の目に晒されるだけでも耐え難いのに、こうして早乙女にまでまじまじと情けない姿を見られた惨めさに、高沢は唇を嚙んで顔を背けた。せめていわゆる『大股開き』のままになってる脚を閉じようと思うのだが、相変わらず少しも力が入らない。

「……なんてえか……ひでえことになってるなあ」

もともと早乙女は他人の気持ちを考えようという気概はないようだった。やれやれ、というように溜息をついた彼は、遠慮のかけらもないような目を高沢のはだけられた胸から下半身へと下ろしてくると、もう一度、

「ひでえなあ」

と独り言のように呟き、はあ、と溜息をついてみせた。

「…………？」

溜息をつきたいのは自分だ、と思わず高沢が枕元に立つ早乙女を睨みつけようとしたとき、

「絶対わざとだよなあ」

ぼそりと早乙女はそう呟き、また、はあ、と大きく溜息をついてみせたものだから、こんな状態であるにもかかわらず高沢は何が『わざと』なのだろうと、つい首を傾げ、不審げな視線を彼へと向けてしまった。

「なあ、あんたもそう思わねえ？　絶対組長は俺の気持ち知っててこんなことさせんだよなあ？」

視線に気づいた早乙女が、口を尖らせて高沢を見下ろし、あーあ、と溜息をつくと、それでも見るに見かねたのか彼の脚を閉じてくれた。

「……っ」

しかし傷口への配慮はなされなかったために、ちょうど手術のあとを摑まれ、高沢が痛みに顔を顰めると、

「ああ、悪《わり》ぃ」

早乙女は素直に詫《わ》び、脚のあたりにたまっていた毛布を引き上げて下肢を覆ってくれた。

「……何を知ってるって？」

ひどい有様を見られたことにはかわりはないが、少なくとも裸の下半身を曝け出された状態よりは会話ができる、と、高沢が早乙女に尋ねると、

「俺さあ、さっき組長を守りきれなかったじゃねえか。それで詫び入れるために指詰めるって組長に言ったんだよ。そしたらそんなモンもらっても困るってぴしゃりと断られてさあ」

どさ、と早乙女は高沢の寝るベッドに腰を下ろし、俯いたままぼそぼそと話をはじめた。

「それじゃ俺の気がすまないって言ったら、お前にはそれ相応のやり方で落とし前をつけてもらうって笑ってたんだけど、それがコレなんだろうなあ」

「……意味がわからん」

指を詰めるのと自分の性行為の後始末をさせるのとが何故同義になるのか、と、言葉どおり少しもわからなかった高沢が呟いたのに、

「だからさあ」

早乙女は肩越しに高沢を振り返り、わからねえかな、とまた口を尖らせた。

「俺は組長に惚れてるって言ったじゃねえか。その俺に組長が抱いた野郎の身体拭《ふ》けって、そりゃあんまりだと思わねえか？」

「…………」

思わねえか、と言われても『思わない』としか答えようがなく、高沢は呆れて早乙女の、ガタイばかりはいい広い背中を見上げてしまった。高沢の沈黙に早乙女は、

「なんだよう」

と更に口を尖らせる。

「……惚れてるってまさかお前、あいつに突っ込まれたいのか？」

「カンベンしてくれよ。俺はオカマじゃねえぜ」

思わず聞いてしまった高沢に、早乙女は心底嫌そうな顔をしてそう言ったあと、さすがに気を遣ったのか、

「ああ、別にあんたがオカマって言ってるわけじゃねえぜ？　気の毒だとは思ってるんだけどよう」

と、とってつけたようなことを言い、頭を掻いた。

「組長とヤりてえってわけじゃねえんだよ。でもさ、俺、組長のオンナにもこん畜生って思っちまうんだよね。なんでかわかんねえんだけどよ」

「…………」

正直高沢にはまったくわからない気持ちだった。独占欲とでもいえばいいのだろうか。それとも若さゆえののめり込みか——早乙女がそこまで傾倒する何かを多分櫻内は有しているのだろう。

若い衆を惹きつけられないようでは関東一の規模を誇る菱沼組の若頭になどなれるわけもないだろうが、今のところ高沢にはその『何か』が少しも見えてこない。

「……あんたのケツ拭くことが仕置きなんて、ほんと、組長も意地が悪いよなぁ」

あーあ、と早乙女はまたやりきれないとでもいうように大きく溜息をつくと、

「待ってな」

と高沢に言い置いて立ち上がり、浴室へと向かっていった。その後ろ姿を見るとはなしに見やっていた高沢は、なるほど、と初めて櫻内の意図の片鱗を理解したような気がした。

これは高沢に対しての櫻内なりの『仕置き』——罰、ということなのだろう。ボディガードとして雇われた高沢が自分の命を狙ったスナイパー相手に手加減したことが櫻内には許せなかったに違いない。それで彼は高沢が最も厭《いと》うことをその身になそうとしたのだろう。確かに自分にとって、櫻内に陵辱《りょうじょく》されたことはひどいダメージだった。その上——。

浴室のドアが開き、濡れたタオルを手にした早乙女がぶつぶつ言いながらベッドへと近づいてくる。

あの若者に、櫻内に抱かれた後始末をされるのだ——拒絶しようかと思ったが、『ひどいと思わないか』と愚痴りながらも早乙女が櫻内の言い付けを守らぬわけがないことは高沢にもわかっていた。その手を跳ねつけようものならそれこそ力づくで自分の身体を清めようとするに違いない。

なんと屈辱的な罰——あらゆることに執着を覚えぬ高沢にも、男として最低限守りたいプライドはある。それを引き摺り下ろすことで仕置きを与えようとした櫻内の慧眼に、高沢は

屈辱に唇を嚙みながらも舌を巻かずにはいられなかった。

敵に回すと怖い男だ——果たしてそのような日が来るか否か。

「……まったくよう」

やれやれ、と聞こえよがしに溜息をついた早乙女が櫻内の下肢を覆った毛布を剝ぐ。

「……生々しいなあ」

高沢のそこから流れ出た櫻内の精液が乾いて固まり、太腿の内側にこびりついているのを、早乙女が湯で濡らしたタオルで擦りとってゆく。

「ケツに突っ込まれるのってどんな気持ちだ？」

無言でいるのもどうかと思ったのか、早乙女が話しかけてくるのに、高沢が愛想なく、

「どうもこうもない」

と答えると、

「そりゃそうだわなあ」

早乙女はここで初めて、いつもの調子を取り戻したように明るい笑い声を上げた。

「…………」

笑い事か、と怒鳴りつけてやろうかと思ったが、己の今の情けない格好を思うと笑われて当然とも思えてきて、高沢は無言のまま小さく溜息をついた。

「まあ俺が言うことじゃねえけどさ、犬に嚙まれたようなもんだって」

高沢の溜息をどういう感情の発露ととったのか、早乙女はそう笑うと、手早く彼の下半身を拭き取り、

「シーツもかえてやるからよ」

と思いのほか面倒見のいい様子を見せ、彼の身体を抱き抱えていつも寝ているキングサイズのベッドまで運んでくれた。

「…………」

本人としてはそっと下ろしてくれたつもりだろうが、どさりと身体を落とされたとき、高沢が傷の痛みに眉を顰めたのに、

「なんだったっけ？　ああ、痛み止めの点滴。頼むんなら先生に連絡とるぜ？」

大丈夫か、と早乙女は心配そうに高沢の顔を覗き込んできた。

「いや……大丈夫だ」

「無理することねえぜ。お抱えの医者だ。大枚はたいてるからよ」

俺が払ってんじゃねえけどな、とまた早乙女は高笑いをすると、

「シーツと寝巻き、とってきてやっから。待ってろよ」

と言い置き、チンピラ特有の肩を揺らすような歩き方で部屋を出ていってしまった。

「…………」

バタン、と戸が閉まった瞬間、高沢の口からは自分でも驚くような大きな溜息が漏れてい

た。

温かいタオルで拭われた裸の下半身が部屋の空気の冷たさに熱を奪われ、寒気さえ覚えてぞくりと身体が震えてしまう。

犬にでも噛まれたようなものか——まさに暴行された女への常套句《じょうとうく》だが、今の自分にこれほど的を射た言葉はないな、と高沢はまた溜息をつき、不自由な身体でごろりと寝返りをうった。

「……っ」

身体を動かした途端、傷を負った脚がずきりと痛む。

わざと傷口の上を摑み、己の抵抗を封じた櫻内の容赦ない動きが、暴力という以外表しようがない激しい突き上げが、高沢の身体に一瞬甦りかけたが、無理やりにその残像から意識を切り離し、高沢は眠りの世界へと逃げようとしていた。じっと目を閉じ、醒《さ》めきった意識を必死で混濁させようと試みる。

『私の愛人にでもなってもらおう』

そんな高沢の脳裏に、櫻内が鮮やかな微笑みとともに告げた言葉がふと甦った。

愛人——それこそ趣味の悪い冗談だ、と高沢は溜息をつきかけ——まさか本気ではあるまいな、と胸に冷たい刃物を突きつけられたような悪寒とともに浮かんできた己の考えに思わず苦笑した。

仕置きはこれで済んだだろう。櫻内の狙いどおり、疲労と苦痛の極限にいるというのにこうして眠れぬ夜を過ごしているじゃないか、と高沢は溜息をつき、またごろりと寝返りをうった。

「……っ」

再び傷口を襲うズキリという痛みを、シーツに顔を埋めてやり過ごそうとする。

犬にでも嚙まれたと思え——自分にそう言い聞かせてそのまま目を閉じた高沢の脳裏に、妖艶《ようえん》と言うに相応しい微笑を浮かべた櫻内の顔が甦った。

美しい狂犬——犬どころではない。豹《ひょう》かトラのほうがまだ手に負える、と心の中で悪態をついた高沢は、その美しき獣がどれほどに容赦なく、どれほどに執念深いかということをこの時点ではまだ正確には理解していなかった。

翌日それを思い知ることになるとは知らず、高沢はズタズタに傷ついた身体とプライドを己の腕に抱き、必死で眠りにつこうとシーツに顔を押し当てたのだった。

5

翌朝、太陽が高く昇っても高沢《たかざわ》はベッドから起き出すことができなかった。じんじんと傷口が痛み、少し発熱しているようでもある。昨夜のしたくもない『運動』の余波かと熱に浮かされた頭で馬鹿げたことを考えた高沢は、それでも医者を呼ぶ気にもなれず、用を足しに行く以外は一日ベッドでうつらうつらと寝て過ごしてしまった。

夜になり、玄関の戸が開いた音に高沢はようやく目覚めた。三人――いや、四人か。来訪者の見当はついてはいたが、万が一ということもある。身の回りに武器になりそうなものを置いていなかったことに舌打ちしつつ高沢は上体を起こし、次第に部屋に近づいてくる足音に耳を澄ませドアを睨《にら》みつけた。

「やあ」

バタン、と大きな音をたて、ノックもなくドアを開いたその向こうには、高沢が思ったとおりの美貌《びぼう》の男が立っていた。

「具合はどうだ」

部屋の中央にあるベッドへと大股《おおまた》で近づいてきた彼が――櫻内《さくらうち》が、いつものように優雅な笑みをその端整な顔に浮かべ高沢に話しかけてくる。

「………」

一筋の乱れもない髪型、塵《ちり》一つ見出《みいだ》すことのできない、高級生地のスーツ。綺麗《きれい》に整えられた手の爪《つめ》。同性とはとても思えぬすべらかな白皙《はくせき》の頬《ほお》——長い睫《まつげ》に縁取られた美しい瞳も、薄紅《うすあか》く色づく形のいい唇も、血が通っているとは思えぬほどの見事な造形を誇っている。

整いすぎた容貌はあたかも精巧な作り物のような印象を齎《もたら》す。それこそ性欲など感じないのではとすら思わせるような清廉《せいれん》な美貌の持ち主である彼が実は、その美貌の下に滾《たぎ》る性欲とそれを臆面《おくめん》もなく発散する獣のような中身を持っているということを、文字通り身をもって知らされた高沢はただ無言でその美しき獣を睨み上げた。

「顔色が悪いな。血が足りてないんじゃないか？　食事はとったのか？」

長身を折るようにして高沢の顔近くまで己《おのれ》の顔を寄せた櫻内が、口ではそんな彼を心配しているようなことを言いながら、よく見ると『おざなり』としか見えぬ様子で眉《まゆ》を顰《ひそ》めてみせる。

「……食えるわけがない」

一瞬にして高沢の胸に怒りの焔《ほむら》が立ち上る。被弾しただけであればここまで身体《からだ》はキツくはならない。そのあとの——手術のあとだと知った上での、無茶な櫻内の行為が、メシどころか腕ひとつ上げるのも億劫《おっくう》なほどに己の体力を消耗させたのだ。その思いのままに言い捨てた高沢を前に、櫻内はまたにっこりと、晴れやかともとれる微笑を浮かべてみせた。

「すぐ用意させよう。早乙女《さおとめ》！」

「はいっ」

室内に控えていた若い衆の中には勿論《もちろん》、この美貌の男に心底惚《ほ》れ込んでいるという彼の姿があった。真面目くさった顔で駆け寄ってきた彼に櫻内は、

「食事の用意をさせろ。私もここで一緒にとることにする」

とそれだけ告げると、行け、とドアを目で示した。

「わかりました」

そのひとことで、何をどうすべきか早乙女にはそれこそ『わかった』のだろう。自分は勿論、櫻内にも好みも聞かず部屋を飛び出していく彼の背を高沢は半ば呆然《ぼうぜん》と見やってしまっていたのだが、同じように櫻内がじっと己の顔を見下ろしていたということに気づき、ふたたびじろりと彼を睨み上げた。

「当分賄《まかな》いの者を寄越してやる。あてつけに餓死でもされたらたまらないからな」

故意かどうかはわからないが、挑発的なことを言いにやりと笑った櫻内に、高沢はまた吐き捨てるように、

「馬鹿か」

とひとこと告げ、ふいと顔を背けた。櫻内の顔を見ているだけで屈辱で身体が震えてくる。

足の痛みのために、下肢に残る疼痛《とうつう》はそれほど高沢に苦痛をもたらさなかったのだが——あくまでも比較対照によるが——それでもあの行為によってズタズタに引き裂かれた自尊心を立て直す心の余裕はまだまだ取り戻せそうにはなかった。

「芯が通っているというかなんというか……威勢がいいのは頼もしいが、一つ覚えておいてもらいたい」

不意に手が伸びてきて、高沢は顎《あご》を捉《とら》えられた。高沢が顔を顰《しか》めるほどの強さで華奢《きゃしゃ》な長い指が頬の肉に食い込み、無理やりに背けた顔を上げさせられる。

「馬鹿呼ばわりされるのは好きじゃない……我ながら子供っぽいとは思うがね」

「……っ」

強引な所作《しょさ》に凶悪な視線を向けた高沢に、櫻内がにっこりと微笑《ほほえ》んでくる。細められた瞳は少しも笑っておらず、鋭い眼光がまっすぐに己へと注がれていることに気づいた高沢の背筋に冷たいものが走った。

「まあ、そのくらい威勢がよくないと面白味には欠けるけれどね」

またにっこりと目を細めて微笑み、櫻内が高沢の顔を捉えていた手を退《ど》ける。ほっとしている自分に、高沢は既に己が櫻内の暴力に臆しつつあることを悟り、またも屈辱に唇を噛《か》んだ。

「従順なオンナにはすぐ飽きるからね」

更に高沢の屈辱感を煽《あお》るようなことを言い、櫻内が楽しげな笑い声を上げる。何がオンナだ、と心の中で毒づいた高沢には、それでもそのときはまだ、自分が櫻内の『オンナ』なのだという自覚はなかった。

三十分ほどして早乙女が「食事の支度ができました」と櫻内を呼びに来た。

「起こしてやれ」

櫻内に命じられた早乙女は高沢に手を貸そうとしたが、高沢はそれを断った。

「大丈夫だ」

「あんまり大丈夫そうには見えねえけどなあ」

顔色悪いぜ、と高沢の顔を覗《のぞ》き込んできた早乙女は、本気で心配しているらしかった。

「もともとこういう顔なのさ」

それがわかっただけに安心させようとそう小さく笑うと、早乙女はなぜかぎょっとしたような顔になり、まじまじと高沢を見返してきた。

「どうした？」

前にも一度、こんなことがあったような気がする——なんでもない会話の最中に早乙女にまじまじと顔を見られたことがあった、と思いつつ問い返すと、早乙女は、いや、となんともいえない顔をして頭を掻《か》いた。

「なんてぇか……普段あんた笑わねえからさ、急に笑われるとびっくりすんのよ」

ぶっきらぼうに告げる早乙女の頰が微《かす》かに紅く染まっている。

「なんだそれは」

そこまで仏頂面《ぶっちょうづら》をしていたつもりはないが、とまた笑ってしまった高沢を早乙女は一瞬眩《まぶ》しいものでも見るかのように目を細めたが、すぐに、

「組長が待ってるから。急ごうぜ」

と無理やりに高沢に手を貸し、寝巻き姿の彼をリビングへと連れ出した。

「…………」

ダイニングでは既に櫻内が席についていた。テーブル狭しと並ぶ中華料理の大皿は早乙女が用意したものなのだろう。一体何人で食うのだ、という皿の数に高沢は呆《あき》れたが、自分を席に座らせたあと早乙女たち若い組員たちが一斉に部屋の隅へと退いていったのにまた呆れた。どうやらこの豪華な食事は櫻内と自分、二人分だということがわかったからである。

「外で待ってろ」

櫻内の声に、早乙女たちは一斉に姿勢を正して礼をすると、次々と玄関を出ていった。最後に部屋を出た早乙女はちらと心配そうな視線を高沢へと向けてきたが、櫻内がじろりと睨むと首を竦《すく》めて何も言わずに玄関へと走っていった。

「それじゃ、はじめよう」

彼らの姿が消えたあとに、室内には櫻内と高沢、そしてテーブルの脇に佇《たたず》む正装した少し

年配の給仕だけが残った。

　櫻内の言葉に、給仕が櫻内と高沢に料理を取り分けサーブしはじめる。またも呆れ返った高沢の目の前で、櫻内はどこぞの高級中華料理店の従業員らしいその給仕に、あれをとれだの紹興酒《しょうこうしゅ》が欲しいだのと好き勝手に注文し、給仕はいちいち慇懃《いんぎん》に深く礼をして彼の命じたとおりに何もかもを用意した。

「最近、一番気に入っている店だ」

　笑顔を向けてくる櫻内の横でまた、給仕が「恐れ入ります」と深々と礼をする。

　料理から立ち上る匂《にお》いは美味《うま》そうではあるのだが、食欲がまったくといっていいほどなかった高沢には、うっと胸にくる匂いでもあった。確かに食べなければ回復が遅れるのだろうが、それにしても、となかなか箸《はし》をつけようとしない高沢はそれだけで櫻内の不興を買っていたらしい。

　それでもそのときはまだ、櫻内は笑顔で給仕と話をし、時折高沢にも声をかけてきていたのであるが、櫻内が一通りテーブルに出された料理に箸をつけ終わったころ、高沢が漏らしたひとことが櫻内を本格的に怒らせてしまった。

　そろそろデザートという頃になったが、高沢の箸は相変わらず止まりがちで、殆《ほとん》ど固形物は口にできていなかった。対照的に見た目を裏切る健啖家《けんたんか》ぶりを発揮していた櫻内は、酒のほうも随分進んでいたようで、すべらかな頰を酔いに紅潮させ、上機嫌な様子であれこれと高沢に話しかけてきて、高沢の相槌《あいづち》も待たずに——もとより打つつもりがないことがわかっていたからかもしれないが——次々と話題を変えて喋《しゃべ》り続けた。

「昨日のヒットマンは逮捕されたそうだ」

給仕がすっかり冷めてしまった料理の皿を片付けはじめたその前で、櫻内はそういえば、となんでもないことのようにその話題を出した。

「……そうか」

あの森田《もりた》という男は、菱沼《ひしぬま》組とは縁もゆかりもない、一本独鈷《どっこ》の弱小の組のチンピラだった。菱沼組とも、そして櫻内の失脚を狙《ねら》う若頭補佐、香村《こうむら》ともまるで接点のない組である。金か何かで雇われたのだろうか、と高沢はしばし一人で思索に耽《ふけ》ってしまったのだが、続く櫻内の言葉に瞬時にして我に返った。

「ヒットマンの両肩を撃った『犯人』は自首させたよ」

「なんだって？」

大声を上げた高沢の前で、櫻内は膝《ひざ》からナプキンを取り上げ口を拭《ぬぐ》うと、

「無理《むり》強《じ》いしたわけじゃない。ハクがつくと喜んで警察に出頭したのだから、あなたが気に病《や》むことはない」

とにっこりと微笑み、それを丸めてテーブルに戻した。

「馬鹿な……」

最近こそその風潮は薄れてきたらしいが、かつてのヤクザたちにとって『刑期』は勲章のような意味があったという。犯した罪の内容によっては——たとえば覚醒剤がらみなどでは——かえって馬鹿にされるのだが、それこそ櫻内の言うように『ハクがつく』と喜び勇んで自首する者も多いと聞く。だが、いくら本人が喜んでいるとはいえ、実際銃を撃ったのは自分だ、と口を開こうとした高沢の前で、櫻内の端整な眉が顰められた。

「『馬鹿』という言葉は嫌いだと先ほど言ったばかりだが」

「そんなことより、一体どういうつもりなんだ？」

そういえばそうだった、と思いはしたが、それ以上に自分の『身代わり』で自首した人間がいるという事実のほうが高沢にとっては重要事項だった。思わずテーブルを両手で叩《たた》き問いかけてしまった高沢の傍《かたわ》らで、ちょうど彼の皿を下げかけていた給仕がびく、と身体を震わせ、皿をそのままに下がってしまった。

悪かったな、と高沢の注意が彼に逸《そ》れた、そのときには櫻内は椅子から立ち上がり、テーブルを回り込んで高沢の傍らに立っていた。

「……それ以上に私が嫌うことは、話の腰を折られることだ」

高沢の右肩に櫻内の細く長い指が食い込む。一体どのくらいの握力があるのかと痛みに顔を顰め、その手を外させようと手首を摑《つか》みかけた高沢の右手を逆に櫻内が捉えた。

「おい？」

「自分の立場というものが、どうやらわかっていないらしいな」

やれやれ、という呆れた口調でありながら櫻内の表情は厳しかった。酔っているためか彼の瞳は普段より随分潤み、部屋の照明を受けてきらきらと輝いている。美しい瞳の輝きを裏切る射るような眼光の鋭さに、高沢は一瞬気を呑《の》まれ絶句してしまった。同時にびく、と身体が竦む。昨夜の陵辱《りょうじょく》によって与えられた痛みの記憶が自分を硬直させているのだ、と高沢は自身の身体の変化に唇を嚙み、臆していることを本人には悟らせまいと自分も真っ直ぐに櫻内を睨み上げた。

二人睨みあったまま、数秒の緊迫した時間が流れたそのあと、いきなり高沢は摑まれた手首を強く引っ張られ、勢い余ってテーブルの上へと倒れ込んでしまった。ガシャン、と彼の身体が押しやった大皿が床に落ちて割れる音が室内に響き渡る。給仕の驚いた声が一瞬聞こえたが、触らぬ神にたたりなしとでも思ったのだろう、ぱたぱたと足音を立て部屋を駆け出していってしまった。

「おいっ」

脚の自由が利《き》かずにもがく高沢のその脚を摑み、櫻内は彼を腰までテーブルの上に引《ひ》き摺《ず》り上げると、いきなり着ていた寝巻きの下を下着ごとその場で脱がせにかかった。

「よせっ」

高沢が起き上がるより前に、下肢は裸に剝《む》かれていた。そのまま大きく脚を開かされ、解

剖されるカエルのような無様な格好をさせられてしまい、高沢はまたも自身の身を焼く屈辱に、

「やめろっ」

と叫ぶと、櫻内の腕を逃れようと必死で上体を起こそうとした。

「……やめろと言われてやめる『馬鹿』はいないだろうよ」

にやり、と笑った櫻内がさらに高沢に腰を上げさせ、彼の抵抗を封じた。

「く……っ」

苦しい体勢に呻《うめ》いた高沢に櫻内がゆっくりと覆い被《かぶ》さってくる。

「……男の味を教え込んでやろう」

潤んだ瞳の輝きが、高沢の視界いっぱいに広がって見える。

「二度と『馬鹿』と私を罵《ののし》れないようにね」

くすりと笑った吐息が高沢の唇を掠《かす》めた、次の瞬間には高沢は唇を唇で塞《ふさ》がれていた。

「……っ」

背筋を一気に悪寒が走る。たまらず彼の両肩に手をやり、力いっぱい押しのけようと突っ張ったが、櫻内の身体はぴくとも動かなかった。それでも諦《あきら》めきれず、彼の肩を殴ったり必死で腕を突っ張ったりしていた高沢の両手を、櫻内は簡単に捉えると、そのまま頭上に掲げさせてしまった。

「離せっ」

唇が外された途端に叫んだ高沢の前で、櫻内は自身のしていたネクタイを外し、それで捉えた高沢の手首を、それこそ血が通わぬほどにきつく縛り上げてきた。

「やめろっ」

そうして彼の手の自由を奪うと、左手で手をテーブルへと押さえつけながら寝巻きのボタンを手早く外し、前をはだけさせてゆく。これでは昨夜、犯された状況そのものだ、と必死で高沢は縛られた腕を押さえつけてくる櫻内の手を跳ね退《の》けようと暴れた。

「不屈の闘志だな」

頼もしいよ、と櫻内は唇の端を上げて微笑むと、高沢の胴を抱えそのまま彼の身体をひっくり返した。

「……っ」

うつ伏せにさせられたと同時に、腹に廻《まわ》った手が高沢の腰を無理やりに上げさせた。身体を捩《よじ》ろうとしたところを、櫻内の両手が彼の両太腿《ふともも》を摑んで脚を開かされ、あっという間に高沢は四つん這《ば》いの——手はついていなかったが——ような格好を取らされてしまっていた。

「よせっ」

太腿から櫻内の掌《てのひら》が尻へと上り、殆どついていない尻の肉を摑んでそこを広げようとする。

昨夜の痛みが一気に記憶に甦《よみがえ》り、高沢は自由にならないながらも必死で前に逃れようとしたが、櫻内はそれを許さなかった。片手を腹へと廻して引き戻し、再び彼に高く腰を上げさせる。

「自分では見たことがないと思うけれどね、あなたのここはそれは綺麗《きれい》な色をしている」

また両手でそこを押し広げた櫻内が、くすくす笑いながら顔を近づけてくるのに、羞恥《しゅうち》やら嫌悪やら屈辱やら、全てがない混ぜになった思いのままに高沢は、

「やめろっ」

と怒声を上げたのだが、その声は自分でもわかるくらいに震えていた。

昨夜の激痛——またあのような目に遭うのかと思うだけで、情けないと思いつつも身体が竦んでしまう。

「男には前立腺があるからね。アナルセックスも癖になるとやめられなくなるというよ。まあ個人差はあるらしいが、あなたはどうだろうね」

近くそこへと顔を寄せ、囁《ささや》いてくる櫻内の息が、無理やり開かされたそこへとかかる。そのたびにぞくりという感覚が背筋を這い上ってゆくのだが、悪寒によく似たその感覚は、不意にそこへと与えられた生暖かなざらりとした感触にさらに増幅され、高沢の身体を竦ませた。櫻内がそこへと舌を這わせてきたのである。

「……っ」

ぴちゃぴちゃと、櫻内がわざとたてている濡《ぬ》れた音が室内に響き渡る。舐《ねぶ》りながらさらに

そこを手で押し広げてくるために彼の唾液《だえき》が流れ込み、昨夜の行為によってついた内壁の傷に滲《し》みた。高沢はその感触に小さく呻いてしまっていたが、もし人にそれが苦痛によるものかと問われたとしたら、彼は答えに迷うに違いなかった。

「ん……っ」

硬くした舌先が、唾液で濡れるそこへと捻《ね》じ込まれてくる。ざらりとした感触に高沢の背は一瞬びくりと震えたが、それもまた苦痛によるものとは言い難かった。一体どうしたというんだという高沢の内心の動揺を、櫻内は敏感に察したようで、ふとそこから顔を上げてくすりと笑うと、高沢の背に伸《の》し掛かり耳元に顔を寄せてきた。

「素質は充分にありそうだ」

「……っ」

ふざけるな、と肩越しに睨みつけようとした高沢は、いきなり今まで舐られてきたそこにぐいと何かが差し入れられた感覚に、ぎょっとして身体を竦ませた。それが櫻内の指であることはすぐに彼の察するところとなったが、櫻内は高沢の背に伸し掛かったまま、さらに奥へと彼の細く長い指を挿入させてきた。

「キツいな」

高沢の下肢に力が入ってしまったからであろう、櫻内は独り言のようにそう呟《つぶや》くと、

「ああ」

と何を思ったのか小さく笑い、おもむろに身体を起こした。後ろから、するりと櫻内の指も抜かれる。背中が軽くなっただけではなく、違和感しか覚えなかったその刺激からも解放され、高沢はほっと安堵《あんど》の息を漏らした。

自分の頭の上、まだ下げずに残されていた大皿を櫻内が引き寄せ、残っている料理に――かに肉のあんかけがかかった卵料理であった――指を浸す。

彼の意図が読めず高沢は呆然とその様子を見守ってしまっていたのだが、とろりとしたあんかけに塗《まみ》れた指を一瞬見せつけるかのように顔の前に持ってこられたあと、いきなり尻を摑まれ、まさか、と初めて高沢は櫻内のしようとしていることを察した。

「よせっ」

叫んだ途端、ぬるりとした感触と共に櫻内の指がそこへと挿入された。ぬめる感触に助けられ、するりと奥まで入り込んだ指が、内壁の圧力を楽しむように中で蠢《うごめ》き始める。

「ほら、ここが前立腺」

入り口近いこりっとしたところを指で押された瞬間、高沢の背はびく、と大きく震え、ぞわぞわとした感覚が下肢を覆い始めた。

「癖になりそうかな」

くすりと笑った櫻内がさらにそこを押し広げたと思ったと同時に、二本目の指がするりと中へと入ってきた。

「……っ」

「味もいいが、この種の用途にも適してるとは今日初めて知ったな。ローションなんぞよりよっぽどいい」

くすくす笑いながら櫻内がぐるりと中で指をかき回す。時折前立腺をなぞりつつ、ぐちゃぐちゃと濡れた音を立て、激しく指を動かされてゆくうちに、ぞわぞわとした感覚は次第に大きく強くなり高沢の下肢から背筋へと上り始めた。

「精液に似ていなくもないね」

櫻内が手を伸ばし、左手を料理の皿に浸してまた、濡れた掌を高沢の顔の前で広げてみせる。ところどころにかに肉の残る白いどろりとしたそれは、彼の言う精液とは別物にしか見えなかった。が、櫻内が身体を起こし、その手で高沢自身を握り込んだとき、この行為の前触れであったのかと高沢は初めて察したのだった。

「……っ」

ぬるりとした掌で先端を撫《な》でられ、そのまま竿《さお》を扱《しご》かれる。後ろに挿《い》れられた指はいつの間にか本数がさらに増え、三本の指が間断なく奥底を抉《えぐ》り、前立腺を弄《いじ》ってゆく感触と、前への直接的な刺激に、高沢の背はびくびくと震え、全身に薄らと汗をかきはじめてしまっていた。

下肢から全身へといきわたるこのぞわぞわとした感覚——この感覚の正体を、高沢は認めざるを得なくなりつつあった。

自身の身体を染めているのは『快楽』――今まで感じたことのない快感が、指でかき回される後ろから、滑《ぬめ》る手で扱き上げられる自身から高沢の背筋を上り脊髄《せきずい》を突っ切り、不自然に腰を上げさせられた全身を駆け巡っていたのである。

「……あっ……」

嚙み締めた唇の間から零《こぼ》れた声に、耳を塞ぎたかったが、両手は縛られて頭の上にあった。容赦なく攻め立てられる前後への刺激に、高沢の腰が微かに揺れ、太腿の内側がぴくぴくと痙攣《けいれん》しはじめる。血の滲《にじ》む包帯の下の傷の痛みを忘れるほどの強烈な快感に翻弄《ほんろう》されつつある自身がどうにも許せず、高沢はテーブルの上で目を閉じ、唇を嚙み締めて上がる息と速まる鼓動をなんとか鎮めようとするのだが、櫻内の攻め立ての前にはあまりに空《むな》しい努力だったようで、堪《こら》えきれずに微かな声が彼の唇から漏れ始めてしまっていた。

「くっ……あっ……はぁっ……」

抑えれば抑えるほど、声は甘く、まるで女の嬌声《きょうせい》のようになってゆく。いっそのこと叫んでしまおうかと自棄《やけ》を起こしかけた高沢が、それもできぬと唇を嚙んだそのとき、不意に後ろから櫻内の指が抜かれた。

「……っ」

まるでその指を惜しむかのようにひくひくと蠢く自身の内壁の動きに、信じられない、とまたも唇を噛んだ高沢の腹に櫻内の腕が廻る。そのまま身体を抱えられてテーブルの上から下ろされ、両脚を床に、上半身だけをテーブルに残した格好でうつ伏せにされた高沢の耳に、ジジ、というファスナーを下ろす音が響いてきた。

昨夜も聞いた生々しいその音——続いて自分の身に起こった激痛が一気に高沢の脳裏に甦り、身体を起こして逃げようとしたときにはもう、後ろに熱い塊《かたまり》が押し当てられてしまっていた。

「よせ……っ」

ずぶ、と先端が挿入されてくる。昨夜はあれほどその侵入を拒んだそこが、ずぶずぶ、と櫻内の猛《たけ》る雄を易々《やすやす》と飲み込んでいくことに、高沢は抵抗も忘れ、思わず肩越しに彼を振り返ってしまっていた。

「指よりよっぽどいいだろう？」

櫻内がそんな高沢の視線を捉え、にっこりと微笑みかけてくる。薄らと汗の滲む額も、紅潮したその頬も、欲情に潤み輝く瞳も、何もかもが絵に描いたように美しい彼の、ネクタイを外しただけの少しも乱れぬ上半身と、自身へと捻じ込まれてくる太い質感のある雄の感触のギャップに、なぜか高沢の雄は、びくん、と大きく脈打ち彼を愕然《がくぜん》とさせた。

思わず顰めた顔を伏せた高沢の様子に櫻内は彼の身体の変化を察したらしい。くすりと背中で笑う声が聞こえたかと思うと、右手が高沢の前へと伸びてきて、勃《た》ちきり先走りの液を零している彼の雄を握り込んだ。

「やめ……っ」

ろ、と叫ぼうとしたときにはもう、勢いよく雄を扱き上げられていた。

「あっ……」

高沢の口から高い声が漏れる。ずい、と奥底まで櫻内の雄が挿入された、次の瞬間には激しい抜き差しが始まっていた。

「あっ……はぁっ……あっ……」

『指よりよっぽどいいだろう』という櫻内の言葉どおり、太いそれが内壁を擦《こす》り上げ擦り下ろすその感触が、これ以上はないというほどの快楽の昂みへと高沢を急速に押し上げていった。

「はぁっ……あっ……あっ…」

亀頭のかさのはった部分が奥を抉り、竿に埋められた真珠のぼこぼこした感触が前立腺を刺激する。櫻内の激しい抜き差しに内壁が捲《めく》り上がり外気に触れる、一瞬の冷たさを感じたあとにまた熱い彼の雄とともにもとへと戻る。あらゆる体感したことのない感覚が、自身の前に与えられる刺激と相俟《あいま》って絶頂へと高沢を駆り立てていった。

「あっ……あっ……あぁっ………」

高い声を発しているのが己の唇だと言う自覚は既に彼にはなかった。腹に廻された手でさ

らに腰を高く上げさせられたために、ずず、と上半身がテーブルの上を滑り、既に勃ちきってい た胸の突起が冷たいテーブルに擦れてまた高沢の享受する快楽を増幅させる。

「やっ……あっ……あっ……」

がくがくと面白いほどに脚が揺れ、少しも体重を支えられない。彼の身体を支えているのは櫻内が彼の腹に廻した腕と、上体を乗せたテーブルであった。今にも達しそうな彼の雄の根元をしっかりと握り締め、先端に爪をめり込ませるような愛撫《あいぶ》にまた高沢が高い声を上げる。

「よせっ……あっ……あっ……」

飛びかけた意識の合間合間にふっと素に戻るときがある。途端に芽生える嫌悪の念も次の瞬間彼を襲う快楽の波の前に一瞬にして消え失《う》せ、脳が滾《たぎ》るほどの快感に高沢はいつしか櫻内の手に自身の身体を委《ゆだ》ねきってしまっていた。

「……あっ……はぁっ……あっ……あっ……」

長引く絶頂すれすれの快楽に、既に高沢の意識は朦朧《もうろう》としていた。

「……っ」

とそのとき、延々と激しい抜き差しを続けていた櫻内が低く声を漏らし、高沢の中に精を吐き出したようだった。

「……あっ」

櫻内の自身を握る手が緩み、少し遅れて高沢も彼の手の中に白濁した液を飛ばしていた。己の鼓動を耳鳴りのように聞きながら、テーブルに突っ伏したまま、はあはあと息を乱していた高沢の後ろから、ズルリ、と萎《な》えた櫻内の雄が抜かれる。

「……あっ……」

ぼこりとしたその感触を惜しんでか、高沢の後ろがひくひくと、まるで壊れてしまったかのように蠢き、耐え切れずに身を捩った彼の唇から甘い、としかいいようのない吐息が漏れた。

行為の最中、自らも興奮している状態で聞く己の声は、別人のそれとして聞けもするが、ほぼ素に戻ってしまっている今、自分がこんな甘ったるい声で喘《あえ》いでしまったことに、高沢の胸に堪《た》えきれぬほどの自己嫌悪の念が押し寄せてくる。

「どうやら『癖になる』体質だったようだな」

くすりと笑った声が頭の上から響いてきて、高沢は思わず肩越しに声の主を睨みつけようとしたが、勢い余ってそのままテーブルの下へとずり落ちてしまった。

「……っ」

怪我をした脚を床に打ちつけてしまい、息が止まるほどの痛みに呻いた高沢を見下ろし、櫻内がまた笑う。

「当分大人しくしているといい。仕込み甲斐《がい》があることがわかったからな」

ほら、と両手を縛るネクタイを掴み、高沢の身体を持ち上げた櫻内が、再び彼をテーブルまで引き上げ、上体をうつ伏せにする。尻を突き出したような格好を恥じ、身体を捩ろうとする高沢の尻を、櫻内はぎゅっと摑んで彼の動きを止めさせた。

「この傷が治るまで、せいぜい楽しませてもらおう」

言いながら、そこを片手で押し広げ、先ほどまでさんざん激しく己の雄を突き立ててきたところへとずぶ、と指を挿入する。

「……っ」

びく、と高沢の背中が震えた。櫻内がぐるりと挿れた指をかき回した途端、鎮まりかけた身体に再び快楽の焰が立ち上る。ひくひくと自身の後ろが蠢き、櫻内の指を締め付ける動きを抑えようにも高沢はその術《すべ》を知らなかった。ただ唇を嚙み、上がりそうになる息を堪える高沢を上から見下ろし、櫻内が楽しげな笑い声を上げる。

「そちらも楽しめそうでなによりだ」

「……馬鹿なっ……」

口癖というわけではないのだが、高沢の口から櫻内の何より嫌う言葉が零れ落ちていた。

「……学習がないねえ」

だが今回は、櫻内は声を荒立てることなくそう苦笑すると、すっと指を引き抜き、ぴしゃりと軽く高沢の尻を叩いただけだった。

「…………」

しまった、と思ったところにおおらかなリアクションをとられ、どうしたことかと、つい肩越しに後ろを振り返った高沢に、櫻内はにっこりと目を細めて微笑むと、

「学習しない馬鹿なオンナほど可愛《かわい》い。そういうことさ」

馬鹿にしきった口調でそう告げたあと、いきなり、

「早乙女！」

とドアに向かって大声を上げた。

「はい」

すぐ外に待機していたのだろう、その瞬間に開いたドアから早乙女が顔を出し、反射的に振り返ってしまった高沢の姿を見て、気まずそうな顔になった。

「後始末を頼む」

既に櫻内は高沢の傍《そば》を離れ、早乙女の開いたドアに向かって大股で歩き出していた。

「……はい」

ごく普通の指示を出すかのように告げられた言葉に力なく頷《うなず》いた早乙女の顔から高沢は目を逸らせ、顔を伏せた。やがて背後でバタンとドアの閉まる音がしたとともに、

「まったくよう」

ぶつくさ言いながら早乙女が近づいてくる音がする。

「なんで俺なんだよ、なあ」

やりきれないといったふうに早乙女は高沢の顔を覗き込んだが、高沢が無言でふいと顔を背けるとあとは無言で、まず彼の手首を縛るネクタイを解《ほど》き始めた。

「ほんとにあんたら、一体どんなセックスしてんだか」

高沢が手を振り回して暴れたために、なかなか解けない結び目に苛立《いらだ》ち、再び早乙女がぶつくさ言いはじめる。

「お前のボスに聞け」

早乙女の言葉に自分への非難まで読み取ってしまったのは、自身が櫻内との行為に溺《おぼ》れ込んでしまったからだろうか。ついそう反論めいたことを口にしてしまった高沢に、早乙女は少し驚いたように目を見開くと、

「そりゃそうか」

とようやく解けたネクタイを手首から外してくれ、いつもの調子で笑いかけてきた。

はだけた寝巻きの上着を着せたとき、テーブルに擦れて紅く色づいてしまった胸の突起が早乙女の目に入ったらしい。女みたいだ、と感心したようにそれを眺めたあと、不意に下卑た笑いを浮かべ高沢の顔を覗き込んできた。

「ずいぶんあんあん喘いでたけどさあ、やっぱりあれ？　真珠入りってたまらねえもん？」

「…………」

調子に乗った問いをしかけてきた早乙女を高沢はじろりと睨んだが、下半身裸のままでは迫力があろうはずもなかった。

「ただでさえ太《ふて》ぇ上に、『真珠』だろ？　オンナはもうメロメロになるんだわ。フツーのナニとやっぱ違うもんなのか？」

自分も入れようとでもしているのか、好奇心に目を輝かせながら早乙女がそう問いかけてくる。多分悪気はないのだろう。ドアの外、櫻内の突き上げに喘ぎ続ける己の声を聞いたときより、早乙女は自分を敬う――というより、一人前の男とみなすのを無意識のうちにやめたに違いない。そんな彼を責めることは、あられもなく乱れた自身を振り返ってもできないと高沢は内心溜息《ためいき》をつき、せめてもの意趣返しにと、

「お前も抱かれてみたらどうだ」

と投げやりな口調で言い捨てた。

「そりゃ勘弁。ケツに突っ込まれるなんてぞっとするぜ」

あはは、と笑った早乙女には、たとえ悪気はないとわかってはいても、憤りを覚えずにはいられない。が、早乙女はまるで頓着《とんちゃく》しない様子であたりを見回し、脱がされた寝巻きと下着を拾い上げると、それを手に高沢の身体を抱き上げようとした。

「歩ける」

「ラクさせてやろうってんだから黙ってろよ」

ほら、と寝巻きを下肢を覆う用に手渡してくれる様子も、高沢をそれこそ『オンナ』扱いしているようである。よせといってやろうかとも思ったが、全身に残る倦怠感《けんたい》がつまらないプライドにこだわる自分により勝《まさ》った。

「しかしほんと、これから毎日あんたの裸のケツ見なきゃいけなくなったらいやだなあ」

冗談めかしてそう溜息をつく早乙女に思わず「馬鹿か」と言いかけた高沢は唇に手をやり言葉を飲み込んだ。

「どうしたんだい？」

「いや……」

なんでもない、と首を横に振りはしたが、『馬鹿』と言う言葉に過敏に反応してしまったその理由を思うと、高沢はまた自己嫌悪の念を抱《いだ》かずにはいられなかった。

なぜこんなことになってしまったのだろう——滅多なことでは動じないはずの高沢は、自身の環境の、そして自身の身体の変化に戸惑いを隠すことが出来ずにいたのだった。しかし翌日から早乙女が冗談で言ったとおりの『毎日』がはじまることになるとまでは予測できず、またも戸惑いと櫻内への、そして自身への嫌悪の思いを胸にその日も眠りについたのだった。

6

その日から毎晩、櫻内は高沢のマンションにやってきた。一緒に夕食をとることもあれば、どこぞで飲んだあと、ふらりと二、三人の若い衆を引き連れてやってくることもあったが、来れば必ず高沢を抱いて帰っていった。

「しかしほんとに、毎晩よく続くよなあ」

感心しているんだか呆れているんだかわからない早乙女は、五日目くらいからようやく『後始末』の任を解かれはしたが、必ずお供として櫻内と共に毎夜高沢の部屋を訪れた。

櫻内はここを出たあと松濤《しょうとう》にある自宅に帰る。付き添うのは運転手と住み込みの若い衆だけなので、彼が帰ったあと、早乙女はなんとなく高沢の部屋に残り、あれこれと喋って帰っていくのが常となっていた。

もとより早乙女はなぜか高沢に懐いていたのだが、高沢が櫻内の『オンナ』になってからは、今まで以上に高沢につきまとうようになった。その理由がまたふるっていて、高沢のどこに櫻内が惹《ひ》かれて毎夜通うのか、さっぱりそれがわからないからだというのである。

「マジでわからねえ。あんたの魅力ってなんなんだ？」

「さあ」

　自分とて櫻内が何故《なぜ》毎晩通ってくるのか、理由を聞かせてほしいと思ってるくらいだと高沢が首を傾《かし》げると、早乙女は、

「俺の知る限り、今まで一人のオンナにこう毎晩、組長が入れ込んで通ったことなんざないんだぜ。それがこの二週間、来なかった日は一日くれえしかねえじゃねえか」

　わからねえなあ、と高沢以上に首を傾げてみせるのだった。

「櫻内は今まで、男に入れ込んだことはあるのか？」

　ためしにそう聞いてみると、

「俺が知る限りない」

　と早乙女は即答した。

「その辺の美女も裸足《はだし》で逃げ出す綺麗な顔だからよ、ムショでもタイヘンだったらしいぜぃ。岡村《おかむら》組の今の若頭がちょうどお勤め終わるころに組長が大阪刑務所に入ったそうでな、そこでコナかけられたんだってよ」

「岡村組の若頭ね」

　日本最大の団体で大阪に本拠地を置く岡村組の若頭といえば、高沢も名前を知っていた。八木沼《やぎぬま》組組長、八木沼賢治《けんじ》、四十五歳——岡村組の四代目、佐々木雄一《ささきゆういち》の絶対的な信頼を得ているこの男もまた、若い頃は武闘派で鳴らしていた。暴対法施行後も岡村組が他の団体

のように衰退することもなく、それどころか全国の組織を傘下に入れ組の勢力を拡大していったのはすべて、この八木沼の力であるといっても過言ではないという。

この男がまた、いわゆる『ヤクザ映画』に出てくる俳優並みの、渋い、いい顔をしているのだった。バブル崩壊後、すっかり金回りが悪くなってからはヤクザがオンナにもてるのは伝説の世界になったと嘆く輩《やから》も多いのだが、八木沼だけは別格のようで、北の新地では相変わらず名を馳《は》せているらしい。

その八木沼も櫻内の美貌の前にはくらりときたか、とつい興味を覚えて相槌を打った高沢に、早乙女は何を思ったか、

「なんでえ、ヤキモチか」

とつまらぬ茶々を入れ、高沢を呆れさせた。

「そのとき、組長はぴしゃりと八木沼の誘いを跳ねつけたんだが、そこは両方聞きしに勝る武闘派同士ってことで、ムショ中大騒ぎになるほどの乱闘になっちまったらしい。速攻看守が飛んできて原因を二人に聞いたんだが、うちの組長は八木沼の面子《メンツ》を思って口を割らなかったっていうんだな。それで八木沼に俠気《おとこぎ》があると気に入られてよ、えらい立場は違うが兄弟の杯《さかずき》を酌み交わしたそうなんだよ」

「ほお」

「そんころまたウチの組長、櫻内組を立ち上げたばっかりで、一応菱沼組の直参ではあった

けど、八木沼に比べりゃぺーぺーもいいとこだったにもかかわらず、だぜ。よっぽど惚れ込んだんだろうなあ」

まるで自分のことのように自慢してみせる早乙女の様子に苦笑してしまったものの、話の内容は確かに凄《すご》いことだと高沢は感心していた。

確か櫻内はまだ三十五になったばかりではなかったかと思う。その若さで関東一といわれる菱沼組の若頭——半年後には五代目を継承するやもしれぬというのは、破格、という言葉では足りぬほどに異例であった。幹部たちの中にはこの若返りを不満に思う者も多いだろう。今回の跡目相続は四代目の体調不良が原因であるから、名前だけ継承して権力は自身が握ったまま四代目が『総裁』の席につく、というようなものではなく、実質的な権限全てを継承させるという跡目相続である。反対者がいてしかるべし、というものだ。

だが表立って彼の五代目継承に口を挟む者がいない理由は、もしかするとこの八木沼との兄弟杯にあるのかもしれない、それを見越して櫻内は八木沼に義理立てをしてみせたのではないか、と高沢は考え——あまりに穿《うが》った自身の櫻内への評価にまた苦笑した。

「なんでえ。さっきから一人でにやにやしやがって」

「いや、なんでもない」

早乙女に、自分がちらと思い浮かべたことを言おうものならそれこそどつきまくられるだろう、と高沢は笑って誤魔化《ごまか》すと、

「八木沼賢治との兄弟杯か」

と再びその名を口にしたのだったが、まさか三日後に八木沼が彼の部屋を訪ねてこようとは、まるで予想していなかった。


その日、いつもより随分早い時間に現れた櫻内は、早速高沢の服を脱がせ、首筋に唇を押し当ててきた。

「……あっ……」

既に入院患者用のベッドは不要になったと、室内から運び出されていた。抜糸も終え、多少痛みは残るというものの日常生活に支障がないほどに高沢の足の怪我も回復していた。

射撃の練習場に通うことができるようになったとき、高沢は櫻内に、

「来月からボディガードに復帰する」

と申し出たが簡単に却下されてしまった。

「なぜだ」

「ふた月と私が決めたらふた月だ」

それまではお前は私の『愛人』だといつものように身体を組み敷こうとする彼に、高沢は、

「いい加減勘弁してくれ」

と泣きを入れた。高沢はもともと性的には淡泊なほうであった。滅多に自慰もしなければ、無性に女が欲しくなることもない。勿論男が欲しくなることもないが、そんな彼にとって、この二週間というもの毎夜のごとく強いられる性行為は拷問に近いものがあった。

一体櫻内のあのバイタリティはどこから来るのだと、高沢は内心舌を巻いていた。行為のあと疲れ果てて腕ひとつ上げるのも億劫になる身体を横たえている横で、櫻内は少しの倦怠も感じさせぬきびきびとした動作で服装を整え、「また明日」と微笑んで帰ってゆく。一晩、何度絶頂を迎えれば気が済むのだというくらいに延々と高沢の身体を貪《むさぼ》りつくしたあとの、そのあまりに爽《さわ》やかな去り際に、体力には幾許《いくばく》かの自信があった高沢も、言葉を失うしかなかった。

体力だけではなく、腕力でも高沢は櫻内にかなわぬと感じていた。たとえ足の怪我がなかったにしても、力で捻じ伏せられたら跳ね退けることはできないだろうと、高沢は鍛え上げられた希臘《ギリシャ》の彫像のような櫻内の裸体を行為の最中いつも見上げてしまっていた。

美しい身体だった。ここまで完璧になされた神の造形はこの世に存在しないのではないかと思われるような見事な裸体だった。高沢とて華奢ではない。警察に勤めている間は身体が資本だと常に鍛えるようにはしていたし、好きな銃を撃つためにはやはり筋力が必要になることから、筋力アップにも心がけていた。腕力にはそこそこの自信すら持っていた彼だが、櫻内を前にしてはそのような自信を抱いたことすら恥じたくなる、そのくらいの歴然とした差が二人の間にはあった。

かつて早乙女より、櫻内の豪邸は地下に大規模なジムがあると聞いたことがあったが、彼の美しすぎるほど美しい肉体は、毎日の鍛練があってこそなのではないかと高沢は抱かれながら櫻内の身体のラインに見惚《みと》れることがあった。正常位で抱かれるとき、盛り上がる櫻内の肩の筋肉に、激しく腰を前後させるのにあわせ、浮き上がる胸の筋肉に、脚を摑まれたときに現れる上腕の筋肉に、快楽に喘ぎながらも高沢は目を奪われることがある。気づけば腕の筋肉の盛り上がりの感触を楽しむかのように手を添えてしまい、櫻内に苦笑されバツの悪い思いをしたこともあった。

それほどの美しい筋肉が繰り出す暴力的なまでの性行為を前に、高沢はすぐに抵抗を諦めた。抵抗をすればするだけ、高沢にとっての試練が増えることをすぐに悟らされたからである。

初日に強姦《ごうかん》されたときは、天井から下がる手枷《てかせ》に腕を捉われ、二夜《ふたや》目はネクタイで縛られた。三日目にはまた手枷、四日目にまだ抗《あらが》った高沢の腕の自由を奪ったのは、旧職で彼が使い慣れた手錠だった。

多分手錠を使ったのは、高沢への嫌がらせであろう。かつて自分が犯罪者に嵌《は》めていたそれで手首をベッドの支柱に縛られ、犯されるという屈辱的な行為を受けたその日に、高沢は櫻内への抵抗を諦めたのだった。

　大人しく抱かれるようになると、さらに櫻内の行為は濃く、長くなっていった。高沢の全身を舐《な》め上げるような執拗《しつよう》な愛撫は日常茶飯事で、挿入前に高沢が疲れ果ててしまうこともよくあった。

『仕込み甲斐がある』との言葉どおり、櫻内の愛撫に高沢の身体はすぐに慣れ、身を焼く快楽に乱れはじめた。胸の突起を擦られるだけで身体を震わせるほどに実は敏感だった高沢の性感帯を、全身くまなく探し出そうとでもするかのような執拗な愛撫が繰り返され、体位という体位を高沢は身をもって体験させられてしまっていた。

　櫻内は確かに強引ではあったが、行為そのものにはなんというか、相手への思いやりを感じさせるというおかしな特徴があった。自身の快楽のみを追求しているような無茶な抱き方をすることはなく、どちらかというと高沢を喘がせて楽しんでいるところがあった。フェラチオを強要することもなく、苦痛を強いるような抱き方をすることもない。中で達したあとは必ず指でかき出してくれるという配慮は、愛人になれと勝手に決めた独善的な彼の性格を裏切るだけに、常に高沢は幾許《いくばく》かの違和感を胸に櫻内の身体の下で快楽に身悶《みもだ》える日々を送っていた。

　毎夜毎夜、飽きることなく繰り返される性の饗宴《きょうえん》に、高沢の体力は搾り取られ、昼間から寝ているようなことも多くなっていった。それこそ『愛人』生活を満喫しているかのようなこの環境に高沢はジレンマを感じ、せめて来るのは一日おきにしてほしいと申し出たが、それも簡単に却下された。

「ほかに愛人はいないのか」

ぼそりと呟いた高沢に、櫻内は、

「私は一途な男でね」

と、冗談にしても洒落《しゃれ》にならないことを言い、本当に一途に毎夜高沢のもとに通ってきた。

そのうちに飽きるだろうと高沢が諦めてから一週間が過ぎ、二週間が過ぎた今になっても櫻内が『飽きる』気配はなく、それどころか日々濃厚さが増してゆく行為に、高沢の方が正直参りつつあったそんなある夜、高沢のもとに彼が——八木沼が姿を現したのだった。


「あ……っ」

櫻内の唇が首筋から胸の突起へと下りてきて、毎夜の愛撫で薄紅色に染まってしまったそれを丹念に舐り始めた。

「やっ……あっ……」

こうして胸を弄られただけで、声を漏らしてしまうほどに高沢の身体はそれこそ『仕込まれて』しまっていた。櫻内がいつものように丹念に胸を舐りながら、手を下肢へと下ろしてゆく。高沢がその手を招くように軽く膝を立て、腰を浮かすようになったのも櫻内の『仕込み』の結果だった。

「……んんっ……」

尻を撫で上げられ、くすぐったそうに身体を捩った高沢の所作は既に女のものであった。高沢にその自覚がないのが彼にとっては救いになっていたのだが、この二週間で彼の身体は櫻内の『オンナ』として、充分すぎるほどに充分な資質を備えつつあった。

と、そのとき不意にドアがノックされ、

「おとりこみ中、申し訳ありません」

という早乙女の声が響いてきた。

「なんだ」

高沢の胸から顔を上げた櫻内が短くドアに向かって問いかける。

「八木沼組長が組長にお目にかかりたいと」

その声を聞いたとき、高沢は思わず「え」と驚きの声を上げてしまった。

「お待ちいただくように」

素早い動作で櫻内は高沢の身体の上から退くと、彼の腕を摑んで半身を起こさせた。

「？」

「服を着ろ」

紹介してやる、と笑ったときには高沢の膝の上に、先ほどまで彼が着ていたTシャツとトランクスが放られていた。櫻内自身はここへと着てきた高級生地のスーツの下を既にはき、シャツに手を通している。そうして一分もかからぬうちに身支度を整えた櫻内は、シャツとジーンズという服を身につけた高沢を見て、よし、というように微笑むと、堂々とした歩き方でドアへと近づき、大きく内側へと開いた。

「おお。えらい久しぶりやな」

随分せっかちであるのか、ドアの前で待っていたらしい長身の男が笑いながら部屋へと入ってきた。雑誌などで見たことのある姿そのものの、関西のヤクザの代表格、八木沼に高沢は思わず目を奪われてしまっていた。

櫻内も端整な顔をしているが、実際に見る八木沼も思わず見惚れるほどの美丈夫であった。まさに関西の極道、とでもいえばいいのだろうか。綺麗に撫で付けたオールバックの黒髪には少しの乱れもなく、ヘアクリームかポマードかわからないがてかてかと天井の灯《あか》りを受けて光っているのだが、不思議と泥臭い感じはしなかった。綺麗に剃《そ》られた髭《ひげ》といい、嫌みなく整えられた眉といい、一糸の乱れもない服装といい、磨き上げられた靴といい、まさにパーフェクトとしか言いようのない整った外見をしている八木沼は、笑顔で櫻内と握手を交わした。

「ご無沙汰《ぶさた》してます。兄貴もお元気そうで」

「元気っちゅうほど元気やない。ほんま最近、頭痛いことばっかりで困るわ」

なあ、と相槌を求め高沢を見た八木沼に、どう答えればいいのだと高沢は助けを求めるように櫻内を見た。

「で？」

その視線を追うようにして、八木沼も櫻内を見る。

「はい？」

櫻内が端整な眉を上げ、なんですか、と問い返すと、八木沼がまた高沢へと視線を戻し、

「まさか思うけど、これが今評判のお前のオンナか？」

と親指を立て高沢を示した。

「……評判ねえ」

苦笑するように笑った櫻内は、つかつかと高沢へと歩み寄り、その肩を抱いた。

「まさかわざわざそれを確かめに、大阪からいらしたとは思えませんがね」

「なんや、マジかいな」

八木沼は櫻内と高沢をかわるがわる見やったあと、いきなり大きな声で笑い始めた。

「わからん。お前の趣味はほんま、わからんわ」

「失敬な」

そう言いながらも櫻内の顔は笑っていた。

「なんや、お前が骨抜きになっとるゆうんはコレか」

腹が痛い、と笑いながら八木沼が高沢の顔を覗き込む。

「ええ。まさに骨抜きです」

「よせ」

櫻内の手が高沢の肩から滑り落ち、脇から前へと伸びてきてぎゅっと胸のあたりを握った。

びく、と身体を震わせてしまいながらも、人前で何をする、と低く声を上げた高沢を見て、

「こりゃいい」

と八木沼はまた笑う。

「わしをふったお前が、男の愛人にメロメロになるっちゅうんもおもろい話や」

「古い話を」

はは、と笑った櫻内がまたぎゅっと高沢の胸を摑む。

「…………」

八木沼を前に、見せつけようとでもしてるのかと内心首を傾げながらも、高沢は櫻内の手を摑み、己の胸から外させた。と、櫻内はその手を振り払うと今度は本格的に背後から高沢を抱き締め、肩に顎を乗せつつ両掌で彼の胸を弄りはじめた。

「……よせ」

本当にどういうつもりなのだ、と内心憤りながら高沢は櫻内の腕から逃れようと身体を捩った。

「ほんま、ようやるわ」

あはは、と笑った八木沼が、面白そうにそんな二人を見つめている。シャツの上から胸の突起を摘《つま》み上げられ、う、と高沢が低く呻くと、八木沼は「ほぅ」と少し驚いたように目を見開き、

「えらい色っぽいやないか」

と満更面白がってるふうではない口調でじっと高沢の顔を見つめてきた。

「ええ。当初は射撃の腕を買い、ボディガードとして雇い入れたんですが、今やあらゆる面で骨抜きにされてますよ。セックスも抜群にいい。でも何よりいいのは――」

櫻内の手が胸から下肢へと滑ってゆく。まさか、と身体を硬くした高沢の耳元で櫻内はくすりと笑うと、八木沼に向かってひとこと、

「なんなら試してみますか？」

と高沢にとって衝撃的なことを口にし、じっと目の前の関西ヤクザを見やった。

「……せやな」

八木沼がにやりと唇の端を上げて笑い、高沢を真っ直ぐにねめつけてくる。馬鹿な、と身構えた高沢の視線の先で、八木沼の手が自身の懐《ふところ》へと向かって動いた。それこそコンマ何秒

の動きを見た瞬間、身の危険を己と、そして己の後ろにいる櫻内に感じ、高沢は迷わず自分を後ろから抱き締める櫻内のスーツの内ポケットへと手を差し入れ、彼が隠し持っていた拳銃を摑み出していた。

「……っ」

八木沼が内ポケットから取り出した拳銃の銃口が自分らに向くより一瞬早く、高沢は既に安全装置を外した銃を彼の額に向けていた。

「撃つな」

「……なるほどなぁ」

低くそう告げ銃を摑んで銃口を下げさせた櫻内の前で、八木沼が笑みに顔を綻《ほころ》ばせ、自身も拳銃を内ポケットにしまった。

「試させてもろたわ……なかなかええ腕しとるやないか」

にこにこと笑いながら八木沼が一歩高沢へと歩み寄り、ぽん、と肩を叩いてくる。

「…………」

試す——単なる自分の勘違いであったか、と高沢は顔を赤らめ、照れ隠しもあって、

「どうも」

と俯《うつむ》いたのだったが、その顔を見た八木沼はまた高く笑うと、

「ほんま、そそられるやっちゃなあ」

と、冗談ともとれる発言をし、ばんばんと続けて高沢の肩を叩いた。

「さよか、もと刑事で、射撃のオリンピック候補な」

そのあと八木沼を伴いリビングに向かった三人は、早乙女が上級のホステスさながらに気を遣うサービスのもと、ウイスキーを飲み始めた。

いつのまにか八木沼にとって高沢は『上玉』に格上げされていた。

「ウチにも床上手なスナイパーが欲しいでえ」

と八木沼が豪快に笑い飛ばすのに、

「まだまだ仕込みの最中で……」

と櫻内は高沢の眉を顰めさせることを平気で言い、それから暫《しばら》くヤクザ二人の猥談《わいだん》が続いた。

「しかしほんま、頼りになるボディガードを雇っといてよかったなあ」

ようやく品のない猥談が終わったあとは、半月前の櫻内の狙撃《そげき》事件へと話題が移った。

「そうですね」

命拾いしました、と苦笑した櫻内の前で、八木沼の眉が顰められる。

「犯人はアレやろ？　香村の阿呆《あほう》やろ」

「証拠はありませんが、多分……」

同じように眉を顰めた櫻内に、八木沼は、

「ほんまになあ」

と憤懣《ふんまん》やる方なしという口調になった。

「親父さんは極道としても立派な男やったけど、息子はもう、ありゃあかんな。シノギに覚醒剤使《つこ》うてるのを恥とも思っとらん。あらもう、極道のクズやで」

「噂《うわさ》では岡村組に擦り寄っているとか」

きらり、と櫻内の美しい瞳が光る。八木沼は、

「さすがに耳が早いのう」

とにやりと笑うと、

「確かに擦り寄ってきとるがな、誰が相手にするかいな。仰山《ぎょうさん》カネがあるかは知らんが、やはり極道は仁義を忘れたらあかん。ほんま、嘆かわしいこっちゃ」

なあ、と櫻内に相槌を求めた。

「そうですな」

「嘆かわしいといえばあの香村、あそこまで大きうなったんは陰の協力者がおるゆう噂やけど、ほんまか？」

声を潜めるようにしてそう告げた八木沼の視線が、ふと高沢の上で止まった。

「？」

「……多分。九分九厘間違いないでしょう」

「ほんま、嘆かわしいなあ」

やれやれ、と八木沼は溜息をつくと、何を思ったのか腕を伸ばし、ぽん、と高沢の肩を叩いた。

「はい？」

「警察辞めたあんたに言うても仕方ないけど、あらあかんで」

「はい？」

なあ、と高沢の顔を覗き込んできた八木沼は、急ピッチで飲んでいたからか随分酔っているようだった。どういう意味だと問い返した高沢に、

「警察官が覚醒剤売買に手ぇ出したらあかん」

と八木沼は呂律《ろれつ》のまわらなくなった口調でそう言うと、なあ、とまた痛いくらいの強さで高沢の肩を叩いた。

「警察官が？」

「しかも警視庁の若きキャリアですからね。それだけの後ろ盾がいればシノギも拡大するというものです」

「甘い汁吸いよってからに。かたやヤクザと一緒に金儲《かねもう》け、かたやヤクザの用心棒で愛人か」

あはは、と高笑いをした八木沼を、高沢は呆然と見つめていた。香村組の覚醒剤売買は実は彼が追っていた事件《ヤマ》だった。それゆえ香村についても一通りの知識を有していたわけなのだが、その覚醒剤に警察関係者が関与していたとは、高沢には初耳だったのである。

しかも警視庁のキャリアが——馬鹿な、と思う反面、ヤクザの情報網の確かさを、高沢はよく知っていた。関西にいる八木沼の耳まで届いているところをみると、その噂の信憑性《しんぴょうせい》は高い。

思えば香村組の覚醒剤売買の捜査は先方にリークされているのではと思うほどに空振りになることが多かった。やはり彼らの言うように、警察内部にリーク者がいたと考えればそれも納得がいく。しかし誰なんだ——？　思わず真剣に考え込んでいた自身に高沢は思わず苦笑してしまった。警察を辞めた自分には、既に関係のない話だと気づいたからである。

ヤクザが動かす金は、バブル期とは比べ物にならないとはいえ、公務員の扱うそれとは桁《けた》が違う。どこぞのキャリアがその魅力に己の職務を——法を犯す者を取り締まるという職務を放棄し、犯す側に回ってしまったというだけの話だ。既に刑事を辞めた自分にとっては興味を持てる話ではない——心の中でそう呟き、再び苦笑した高沢は、しかし続いて耳に飛び込んできた思いもかけぬ男の名を前に、『興味がない』とは言っていられなくなった。

「西村《にしむら》とかゆうたかな。そのキャリアは。あんたとそない年もかわらんのとちゃうか」

「え」

驚いて顔を上げ、思わず大声で八木沼に問い返した高沢のリアクションに、今度は八木沼が驚いた。

「西村？　香村組と通じているのは西村というキャリアなんですか？」

「どないしたん」

いきなり驚いたわ、と目を剝いた八木沼の声に被せるようにして櫻内の凜《りん》とした声が室内に響いた。

「西村正義《まさよし》――正義《せいぎ》、という字を書く。名に恥じた行為をしてくれるものだよ」

「…………」

馬鹿な――思いもかけぬところに突然出てきた、あまりに馴染《なじ》みのある名に、高沢は半ば呆然としてしまいながらも、過去の記憶へと意識を飛ばしていた。

必ず空振りに終わった香村組への取り締まり――常にあの前後、西村から連絡が入っていたのではなかったか――？

『たまには飲みに行かないか』

新宿西署でマル暴担当になった頃から、西村は頻繁に連絡をとってくるようになったのだった。それまでは互いに忙しいということもあり、年に一度か二度、誘われて飲む程度だったのが、高沢が香村の事件《ヤマ》を追うようになってからはそれこそ月に一度か二度、必ずといっていいほど西村は「たまには飲みに行こう」と声をかけてくるようになったのである。

それもこれも、自分から香村組に関する情報を引き出そうとした、そのためなのか——？

そんな馬鹿な——。

「ど、どないしたん」

たまらず立ち上がった高沢に、本気で仰天したらしい八木沼が声をかけてきたが、それに答える気持ちの余裕が高沢にはなかった。

「おいっ！　あんた？」

足を引き摺り、玄関へと向かった高沢の背中に、傍に控えていた早乙女の慌てた声が響く。

「何処《どこ》行くんだよ？」

おい、と追いかけてきた早乙女に、高沢は、

「悪い、カネ貸してくれ」

と右手を出した。

「カネ？」

「頼む」

部屋に財布を取りに行く時間も惜しかった。早乙女は困ったような顔をして高沢を一瞬見返したが、すぐに内ポケットから出した財布をそのまま彼に手渡した。

「三十万くらいは入ってるわ」

「そんなにいらないが」

思わず高沢の口元が笑いに綻ぶ。財布を開け、二万くらいを出して財布を返そうとした高沢に、なぜか頬を染めた早乙女が、

「いいから持ってけよ。何があるかわからねえからな」

と逆に無理やりに財布を押し付けてきた。

「悪い」

好意は素直に受けようと高沢はまた微笑み、そのまま玄関の戸に手をかける。

「櫻内、おい、何がどないなっとるっちゅうんや」

わけがわからないといった八木沼の声に、高沢の足は止まった。そういえば何故、櫻内は何も言わないのだろう——自分が部屋を出てどこに行こうとしているのか、何をしようとしているのか、一切聞こうとしない彼の真意は——。

肩越しに振り返った高沢の目線と、いつからか己を真っ直ぐに見つめていた櫻内の射るような視線がぶつかった。互いの強い眼光に火花が散るような錯覚に高沢の足がよろけた瞬間、目の前の櫻内は——笑った。

花のような、華麗としかいえぬ笑顔を見た高沢はそのまま視線を前へと戻し、不自由な足で部屋を駆け出していた。

「おい、櫻内！」

八木沼の声が閉まりかけたドアから響いたが、当の櫻内が口を開いた気配はない。

口を開かぬのには理由《わけ》があるのだろう。

その理由はそのまま、部屋を飛び出した高沢がどこへ向かうか、尋ねずとも知っている理由そのものに違いない。

「……馬鹿な……」

エレベーターを待ちながら、思わず低く呟いた己の声に高沢はなぜかぎくりとし、唇を押さえた。

が、次の瞬間、自分がぎくりとした理由を思い出した。『馬鹿』という言葉を、櫻内がことのほか嫌っていたからだ——その考えが頭に浮かんだときに、高沢はわざとのように、

「馬鹿な」

と大きく声に出して言うと、ようやくやってきたエレベーターに乗り込み一階へのボタンを押した。地下の駐車場には彼のために櫻内が用意してくれた車が三台もあったが、どうしてもそれを使う気になれず、山手通りを出たところでタクシーを捕まえ痛む足を堪えてそれに乗り込んだ。

「どちらまで」

運転手に聞かれて高沢が答えた行き先は——。

「築地」

そう、去年、購入したばかりの新築の高層マンション――親の遺産の生前分与があったのだと笑っていた彼の――西村の部屋だった。

7

出来たばかりの築地の瀟洒なマンションの前でタクシーを降りた高沢は、無言のまま暫《しば》し五十二階建てという、空に届くほどの高さの建物を見上げていた。

勢い込んで来たはいいが、西村を前にどう話を切り出せばいいのかがわからない。証拠は何一つない。ヤクザの噂話がニュースソースだということが、今更のように高沢の胸に逡《しゅん》巡《じゅん》を呼び起こしていた。

西村との付き合いの長さを思うと、彼の逡巡も至極もっともなものであった。高校時代から今に至るまで、十年以上も彼を見ている。同じ陸上部で汗を流し、卒業後は幾年かのブランクは経たが、同じ警察という組織の中でそれぞれにベストを尽くしてきた——その彼が本当に、ヤクザと一緒に覚醒剤売買に手を染め、巨額の富を得たのだろうか。

やはり信じられない、と高沢は溜息をつき、このまま帰ろうかと踵《きびす》を返しかけた。が、目の前に聳《そび》え立つ、億はくだらないだろうという彼のマンションのシルエットが、天に届くのではないかというほどの高層階の部屋を彼が買ったのだという事実が、高沢の胸に再び彼への疑念を芽生えさせた。

都立高校に通っていた西村の両親はごく普通のサラリーマンだったように記憶している。その親の財産が億単位であるとはやはり考え難《がた》い。

しかし――。

いくら考えたところで結論は出るものではなかった。

要は聞けばいいのだ。ヤクザと関係があるのか、ないのか――。

何度となく酒を酌み交わした仲だった。自分のような、面白味のない男とよく十年も付き合ってくれたものだと思う。ただ一人、自分が友と呼べるのはもしかしたら西村だけかもしれない。その彼がもし、人に後ろ指を差されるようなことに手を染めていたのだとしたら――。

やはり、正してやるべきなのではないだろうか。

自分が自分ではないみたいだ、と高沢は一人、聳え立つマンションを見上げ苦笑した。ヤクザのボディガードになることを決めたとき、部屋の荷物を全て早乙女に捨ててもらってからまだ三月《みつき》も経《た》っていない。

自分には何のしがらみもないのだとあのときには思っていた。今までの人生にこだわるべきものは何もなく、失って惜しいと思うものはそれこそ、その時間だけは全てを忘れさせてくれる、射撃の場だけだと思っていた。

その自分が、西村の噂を聞いただけで我を忘れ、不自由な足でこんなところまで一人やってきている――不思議だな、と高沢はまたくすりと小さく笑い、足を引き摺りながらゆっくりとマンションのエントランスに入っていった。

友か――。

オートロックのインターホンの前に立ち、高沢は記憶していた部屋の番号を押した。不在かもしれないな、と思った彼の予想は外れ、

『はい』

という、少し驚いたような西村の声が機械越しに聞こえてくる。

「俺だ」

顔を上げ、監視カメラを見上げて答えた高沢に、西村は『どうした』とも何も聞かなかった。

『入れよ』

ひとことそう言っただけで、プツリとインターホンが切れ、次の瞬間には目の前の自動ドアのロックが外れる音がした。

「…………」

高沢の胸に、『嫌な予感』としかいいようのない思いが芽生える。なかなか一歩を踏み出すふんぎりがつかずにいる自身を叱咤《しった》し、高沢は痛む足を引き摺りながら西村の待つ部屋へと向かった。

エレベーターに乗り込み、最上階のボタンを押す。ウイン、と音を立てて急上昇するハコの動きに眩暈《めまい》を覚えたのは、先ほどまで飲んでいた酒が今更のように廻ってきたからかもしれなかった。

友か——。

再び高沢の脳裏にその単語が浮かぶ。

西村にとって自分の存在は『友』と呼べるものだったのだろうか——友人の多い彼にとって、自分は『友人』というカテゴリーに入っていたのだろうか、と高沢が首を傾げたところでエレベーターが指定階に到着し、高沢は西村の部屋を求め、周囲を見回し方向に見当をつけた。

思えばこの十年、自ら彼に働きかけたことはなかった。常に彼に声をかけられ、酒に誘われ、話を聞いてきたように思う。その自分が今、積極的に彼に働きかけようとしている——友として。

友か、と、一番奥の西村の部屋の前で三度《みたび》高沢は呟くとインターホンを押した。

「入れよ」

既に鍵を開けていてくれたらしい西村の声がインターホン越しに聞こえてくる。再び高沢の胸に嫌な予感が芽生えかけたが、気力でそれを押さえ込むと、

「邪魔するよ」

いつものようにぼそりと声をかけ、高沢は高級感溢《あふ》れるドアのノブを摑み、回した。


「よく来たな」

玄関を入ったところで西村は立って待っていた。

「いきなりすまん」

「いや、かまわんよ」

足の痛みのおかげで靴を脱ぐのに手間取っている高沢を目の前にしても、西村は『その傷はどうした』とは聞いてこなかった。

「何か飲むか」

ようやく靴を脱ぎ終えた高沢の前に立ち、西村はリビングへと彼を誘うべく歩き始めた。

「いや、いい。それより聞きたいことがある」

「聞きたいこと？」

まあ座れ、と総革張りのソファを示し、自分が先に座ってみせた西村の正面に高沢も腰を下ろした。身体が沈み込むほどのクッションのよさに、さぞ高いソファなのだろうと高沢がクッションを撫でるのを、西村は無言で見つめていたが、やがて、

「で？」

と高沢に話を促した。

小首を傾げるようにして自分を見つめてきた西村に、高沢はどう話を切り出すべきかを一瞬考え——そのまま聞くしかないか、と口を開いた。

「……正直に答えて欲しい」

「ああ？」

西村が更に首を傾げる。それがどうしても『演技』に見えてしまうのは、長年警察にいたために身についてしまった、人を疑わずにはいられない業《ごう》だろうか、などと誰にしているともわからぬ言い訳を頭に思い浮かべてしまっていた高沢は、そんな自分に溜息をついたあと、おもむろに口を開いた。

「香村組と癒着《ゆちゃく》しているという噂は本当なのか」

「なんだって？」

驚いたように目を見開いた西村の顔もまた、高沢の目には『演技』に映った。刑事の勘が——既に彼は刑事ではなかったが——クロだ、と高沢に告げていた。クロもシロもない、自分にはもう彼を問い詰める権利も義務もないと頭ではわかっているのに高沢の言葉は止まらなかった。

「お前が香村組とつるんで、奴らの覚醒剤売買に手を貸しているという噂が流れている。本当におまえはそんなことをしているのか？　奴らに捜査情報をリークしたことはないか？」

「馬鹿なことを言うな」

高沢の言葉を西村の怒声が遮ったが、その怒声でさえ高沢の耳には作ったもののように聞こえていた。

「本当に馬鹿なことなのか？　俺がマル暴に配属になってから、お前は俺によくコンタクトをとってくるようになった、それは香村組とは関係ないと言い切れるのか？　香村組の覚醒剤取引の抜き打ち捜査はリークされているのではないかと思うくらいに空振りが多かった。それにもお前は全く関与してないのか？　それに……」

「馬鹿なことを言うなと言っているだろう！」

バン、と音を立てて西村が目の前のテーブルを叩く。大理石で作られたいかにも高級そうなそのテーブルに思わず非難の目を向けてしまった高沢を、西村は怒りのままに怒鳴りつけてきた。

「何処の誰から聞いたか知らんが、俺がヤクザと係わり合っているという証拠がどこにある？　とんだ誹謗《ひぼう》中傷だ！　俺がヤクザと一緒になって甘い汁を吸ってるとそこまで言いたいのなら、なんでもいい、その証拠を持って来い！」

再びバン、と勢いよくテーブルを両手で叩いた西村を、高沢はじっと見つめていた。

「なんだっ」

彼の視線が西村の苛々を募らせるのか、はたまた後ろ暗いところがある彼ゆえ、もの問いたげな視線にはナーバスになってしまうのか、さらに怒声を張り上げた西村に対し、高沢の口から切なげな溜息が漏れた。

「……お前、それはホシが刑事相手に吐く台詞《せりふ》じゃないか」

溜息と共にぽろりと零れた言葉に、一瞬西村は息を呑み、高沢に探るような眼差《まなざ》しを向けてきた。高沢もじっと西村を見返し、二人はそのまま暫し睨み合った。

「……証拠を持ってこいよ、高沢」

先に視線を外したのは西村だった。奥歯を噛み締めるような抑えた声で告げられたその言葉に、高沢は彼が罪を犯していることを確信した。

「……俺はもう刑事じゃないよ、西村」

やはり、という思いと、まさか、という思いが高沢の中で複雑に絡み合っていた。自分は一体何をしにきたのだろうと高沢はやりきれない思いのままに立ち上がり、小さく溜息をついた。

ただ自分は、西村が罪など犯していないという確信が欲しかっただけなのだ。それが裏切られた今となっては、高沢がこの場にいる理由はなかった。

ゆっくりと、痛む足を引き摺りながら高沢は玄関へと引き返しはじめた。これから何をしようという考えは——西村の罪を暴こうとか、彼を説得し、更生させてやろうとか、当然浮かぶべきそれらの考えは、少しも高沢の頭に浮かばなかった。そんな彼の背中に、西村の悲鳴のような声が響いてくる。

「ああ、お前は刑事じゃない！　今じゃヤクザの慰みものじゃないか！　そのお前に、どうして俺が、キャリアの俺が非難されなきゃならないんだっ」

悲痛にすら聞こえる叫び声に高沢は一瞬立ち止まったが、振り返ることはせずそのまま玄関へと向かって再び足を進めた。

多分西村の顔はひどく歪《ゆが》んでいるに違いない。最後に見る彼の顔がそんな歪んだものであって欲しくない、という思いを抱いていた高沢は、これが西村との今生の別れだと——この先二度と西村には会うまいと一人心に決めていた。

「お前に俺を非難する資格はないだろうっ」

靴を履きドアを出ようとする高沢の背中に、西村の声が刺さった。

資格——友情はその『資格』にはなり得ないのだろうか。それとも単に西村が自分に友情を感じていなかったということだろうか。

どちらでもいいか、もう会うこともあるまい、と高沢は溜息をつくと、足を引き摺りながらエレベーターへと向かった。下に向かうボタンを押した高沢の頭にふとある疑問が浮かび、やがてそれが確信へと変じてゆく。

二度と会わぬと思ったが、会わざるを得ないかもしれない、と高沢はまた溜息をついたのだったが、その溜息は肺腑《はいふ》を抉るほどの痛切さを辺りに響かせていた。

その日の深夜三時過ぎ——何者かが部屋に侵入しようとしている音に高沢は暗闇の中で目を開けた。枕の下に潜ませておいた拳銃を摑み、起き上がる。リビングからこの寝室へと近づいてくる数名の足音を聞きながらそろそろとドアへと近づいてゆく。かちゃり、とドアが開き、足音を忍ばせるようにして男が入ってきた。その男のバックを取り羽交い締めにして頭に拳銃を突きつけた。

「なっ」

「動くなっ」

開かれたドアの向こう、リビングの灯りが寝室内を照らしている。高沢が銃を突きつけている相手は若いヤクザだった。

「う、撃たねえでくれ」

手にはナイフを持っている。

「武器を放せ」

室内にはこの男以外に三名いるようだったが、いずれも若いヤクザだった。

「兄貴ぃ」

先頭を歩いていたのが兄貴分だったらしく、その『兄貴』が拳銃で脅されているのにどうしたらいいかわからぬように、彼らはおろおろと高沢の様子を窺《うかが》っていた。

「武器を放せと言っているんだ。拳銃は持っていないのか」

「も、持ってねえよ」

いきがることだけは一人前の、若いヤクザが吐き捨てるようにそう言い、持っていたナイフを床に落とした。

「聞くまでもないが、香村組だな？」

ぐい、と銃口を男のこめかみにめり込ませてやると、男は、ひい、と声にならない悲鳴を上げた。

「答えろ。香村組だな？」

「そ、そうだよっ！　それがどうしたんだよっ」

「俺を殺せと？」

「あ、ああ。色々感づいてるらしいからって。サツにいたころから目障りだったからって組長がよう」

銃を突きつけられた男は、面白いほどに高沢の問いにべらべらと答えた。

「香村は俺のことを知っていたのか？　警察にいたころから？」

「ああ、キツい捜査しやがるって。いつか痛い目遭わせてやるって、いつもそう言ってたぜ」

「…………」

マル暴時代の自分が、それほどヤクザに顔が売れているとは思わなかった、と、高沢はふと黙り込んでしまったのだが、それを隙《すき》と捉えた男が逃げようとするのを押さえ込み、さらにぐい、と銃口を男のこめかみに突きつけた。

「やめろよう……喋ってんじゃねえかよう」

撃たないでくれ、と涙声になった若い男には既にもう、聞くことはなかった。高沢が話を聞きたい男は多分――。

「いい加減出てきたらどうだ？　香村組の若い衆が小便漏らさんうちにな」

ドアの向こう、灯りのついたリビングに向かって、高沢は大きな声を上げる。やがてゆっくりとした足取りで部屋へと入ってきたのは、高沢が予想したとおりの男――西村だった。

「……待ち伏せか」

ぼそりとそう告げた西村が、ぱちりと部屋の電気をつける。眩しさに一瞬顔を顰めはしたが『人質』を抱く腕を緩めず、高沢は真っ直ぐに自分へと銃口を向けている西村と向かい合った。

「まあね」

高沢の腕の中で、男ががたがたと震え始める。西村の銃口は高沢より前にいるこの男へと向けられているようなものだからであった。

「う、撃たねえでくださいよ」

弱々しく告げる男の声など少しも耳に入らぬように、西村は銃を構えたまま一歩近づくと、

「何故わかった？」

まるで世間話でもしかけるような軽い調子で、高沢へと笑顔を向けてきた。

「簡単なことだ……お前は俺がヤクザの慰みものになっていることを知っていた」

高沢もなんでもないことを言うように西村を見返す。

「……それが？」

眉を顰めた西村だったが、高沢の答えに、ああ、と納得し、笑顔になった。

「それを知っているのはヤクザだけだ。随分噂になっているらしいが、一般人が知るような内容じゃない。それに気づいたときに、俺はお前がヤクザとつるんでいると確信したんだよ」

「なるほどね」

しくじったな、と西村は笑ったあと、

「なんでだ？」

逆に今度は彼から高沢に問いかけてきた。

「何が」

「なんでヤクザの慰みものになんか成り下がった？　お前が男を好きだったなんて、この十年、少しも気づかなかったがね」

揶揄《やゆ》している口調ではなかった。それを聞いてどうすると思わないでもなかったが、別に隠すことでもないかと高沢はひとこと、

「最初は強姦だったよ」

と告げ、肩を竦めた。

「……そうか」

西村はそれを聞いて、なぜか傷ついたような顔をしたが、それ以上突っ込んだ問いはしてこなかった。

「……俺も聞いていいか」

「ああ？」

二人はまるで、馴染みの飲み屋にでもいるかのようなリラックスした様子で会話を続けていた。高沢の腕の中にはチンピラがおり、二人して本物の拳銃を構えていて、それどころか室内には三名ものヤクザのギャラリーがいるというのに、高沢も西村もまるでそれらのことには頓着せず淡々と会話を続けていた。

「もしかしたら俺の退職も、お前が仕組んだことか？」

「……仕方なかった。香村が、お前を目障りだと煩《うるさ》いんでな」

今度は西村がそう肩を竦めたあと、ぽつぽつと話しはじめた。

「櫻内襲撃をお前が防いだ、あれから香村はお前を目の敵にするようになってな。お前が立て続けに二回、覚醒剤取引の現場を割り出したのも面白くなく感じていたらしい。目障りだから消せ、というのを、警察を辞めさせれば済むことだと説得したんだが、まさかその日のうちに櫻内に囲われるようになるとは驚きだったよ」

「…………」

西村の言葉が本当なら、香村に命を狙われていたらしい自分を救うためにわざと警察を辞めさせたのだ、ということになるのだが、それが真実かどうかは藪《やぶ》の中としか言いようがなかった。そんな高沢の気持ちが手に取るようにわかるのか、西村は苦笑するように小さく笑うと、

「まあ信じるも信じないもお前の自由だ」

と、更に肩を竦めてみせた。

「その上お前はまた、櫻内狙撃を妨害した。香村はそれに青筋立てて怒ってな、なんとかしろと言ってるところにもってきて、櫻内がお前を自分の『女』にした挙句に骨抜きになっているという噂が聞こえてきた。こうなったらお前を拉致《らち》して櫻内を呼び出し始末するか、と計画を練っている最中に今度はお前がいきなり俺のところにやって来た」

西村はそこで、目を細めるようにしてじっと高沢を見つめた。

「……命だけは助けてやろうと俺が色々と画策してきてやったことも知らず――まあ知らなくて当然なわけだが――お前は俺が香村組と癒着しているのではないかとわざわざ問い詰めに来やがった。お前は自分を『もう刑事じゃない』と言ったが、刑事じゃなくても俺にとっては一緒だったんだよ、高沢。知られたからにはお前には死んでもらわないとな」

西村はそこで顔を上げると、拳銃を握り直し、ぴたりと銃口を高沢の額へと合わせた。

「この距離では近すぎてどこに当たるかわからんぞ」

「構わない。そいつごと吹っ飛ばしてやるよ」

なんでもないことのように告げた西村の言葉に、高沢の腕の中で若いヤクザが悲鳴を上げた。ほかの二人は既に逃げ腰になっている。

「お前にだけは知られたくなかった」

引金に手をかけた西村の口からぽろりとそんな言葉が零れ落ちる。酷く歪んで見えたその顔が、まるで西村の心の傷を表しているように見えた高沢は、

「……俺も知りたくなかったよ」

と答え――違うな、と思い言葉を足した。

「そうじゃない……お前がそんなことをするわけがない、と俺は信じてたよ」

「嫌みだな」

西村が苦笑するように笑って拳銃を握り直す。

「……嫌みでもなんでもない。お前にとっては俺はどういう存在だったか知らないが、俺にとってはお前は多分、たった一人の――」

友人だった、と言いかけた高沢は、耳を劈《つんざ》くような銃声に思わず身体を強張《こわば》らせた。室内のヤクザたちが大きな悲鳴を上げる。火を噴いた銃口は西村のものだったが、その先は高沢にではなく、天井へと向いていた。

「もう何も言うな。ここで香村組と櫻内組の小競り合いがありドンパチがはじまった。それを俺が銃を使って制した――」

「西村」

吐き捨てるようにそう言った西村の顔は、酷く青ざめてはいたが既に歪んではいなかった。何かを振り切ったのか、見た目も中身も一級品、と言われる端整な顔でまるで事務連絡を述べるかのように淡々と西村はそう言うと、高沢へと真っ直ぐに銃口を向けてきた。

「お前は懲戒になったが、俺はそうはならんよ」

表情のない顔で西村がかちゃ、と安全装置を外す。

「西村……俺に撃たせるなよ」

高沢がヤクザの頭から銃口を西村へと向け直す。

「お前には人は撃てないよ」

「よせ」

そのまま引金を引こうとしている気配を察し、高沢は腕の中のヤクザを横へと突き飛ばすと、銃を構え直し、今まさに撃とうとしたそのとき――。

「銃を捨てろ」

いきなりわらわらと五、六名のヤクザが部屋に駆け込んできたのに高沢も西村も驚いている間に、玄関の戸が開き、更に十数名のヤクザたちが室内に駆け込んできたかと思うと、二重三重に西村と香村組のチンピラを取り巻いた。

何人もの男たちに銃口を向けられた西村が、諦めたように銃に安全装置をかけると、ぽん、と毛足の長いカーペットの上へとそれを落とす。

「聞き分けがよくて助かりましたよ」

あまりに聞き覚えのある声が室内に響き、ゆっくりとリビングのドアからその姿を現したのは――櫻内だった。

「…………」

どういうことだ、と眉を顰めた高沢に、櫻内はにっこりと目を細めて微笑みかけたあと、視線を西村へと戻し、口を開いた。

「大変興味深いお話でした。この部屋には隠しマイクが仕込んでありましてね、一言一句録音させていただきましたよ」

「……嘘をつけ」

西村の顔が青ざめてゆく。

「早乙女」

「はい」

そんな彼の顔から視線を外さず、それどころかにっこりと見惚れるような微笑を浮かべたまま呼びつけた早乙女の手には、小型のレコーダーが握られていた。

「お聞かせしなさい」

「はい」

かしこまった早乙女が、カチャ、と再生ボタンを押す。

「『香村組と櫻内組の小競り合いがありドンパチがはじまった。それを俺が銃を使って制した——お前は懲戒になったが、俺はそうはならんよ』」

しん、とした室内に西村の先ほどの言葉が響き渡る。

「もう少し巻き戻して差し上げよう」

「はい」

無骨な手で小さなレコーダーのボタンを早乙女が押そうとするのを西村は、

「もういい」

と遮り、櫻内を睨みつけた。

「おわかりいただけたようで。さすがキャリアは頭がよろしい」

「馬鹿にしているのか」

優雅な素振りで額に落ちる髪をかきあげた櫻内とは対照的に、西村からはいつもの余裕が消えていた。

「とんでもない。こうしてお話させていただける機会を待ち望んでいたのですから」

穿った見方はしないでいただきたい、と櫻内はまた華麗な笑顔を浮かべて西村を見た。

「話だと？」

西村の肩がびくりと震える。室内での会話を録音したテープを示してみせたことを鑑《かんが》みると、櫻内の『話』は脅迫としか思えぬわけだが、一体何を求めるのだろうと高沢は彼らを前に微かに首を傾げた。

「簡単な要請です。香村組の覚醒剤取引を警察で挙げてもらいたい」

「……無茶な」

西村が低くそう呟くのに、櫻内はますます晴れやかに笑うと、

「簡単な話じゃないですか。なに、跡目相続が終わるまでの半年間、香村が大人しくしていてくれればそれでいい。一番挙げやすいのは――証拠を集めやすいのは覚醒剤でしょう。あなたの職歴にもプラスになるんじゃないかな？　今までどんなに摑もうとしても摑めなかった香村組の大規模な覚醒剤取引を一網打尽にできればね」

ぱちりと音が出るほどに片目を瞑《つぶ》ってみせた。

「……できるわけがない」

だんだん西村の声から精彩さが欠けてゆく。弱々しく呟いたその声に、櫻内はにっこりとあの花のような微笑を浮かべて彼を見た。

「これからのあなたの人生を考えることですね。香村ごときと心中するには、あなたの経歴はあまりにも惜しい……違いますか？」

「…………」

西村は無言のまま、悠然と微笑む櫻内を見つめていた。室内では誰も喋るものがいない。壁にかけられた時計の音と、香村組のチンピラがたてているのだろう、荒い息遣いの音だけが室内に響き渡っていた。

「……お帰りいただいて結構です」

暫くの沈黙の後、櫻内が右手を挙げると、西村に向けられていた十いくつの銃口が全てチャッと音を立てて引いていった。

「香村組の若い衆には少し遊んでいってもらうように。西村さんのご決心の妨げになっちゃいけませんから」

「ひっ」

悲鳴を上げた若者を、早乙女をはじめとする若い衆たちが取り囲む。

「それでは。お手並みを拝見しております」

「…………」

西村は青ざめた顔で櫻内を、そしてちらと高沢を見やったが、やがて小さく溜息をつくと、

「わかった」

と頷き、俯いたまま踵を返しかけた。

「西村」

急転直下の展開に戸惑いを隠せないながらも、高沢は思わずそんな彼の背を呼び止めてしまった。呼び止めて何を言おうとしたわけでもなかったが、数時間前、自ら彼とは二度と会うまいと決意したのと同じ思いを西村の背中が物語っているように見えてしまったからだった。

「…………」

西村は一瞬だけ動きを止めたが、やはり二度と高沢を振り返ろうとはしなかった。そのまま玄関へと向かおうとする彼を追うように、櫻内が組員たちに命じる凛とした声が響き渡った。

「丁重にお見送りするように」

「はい」

若い衆たちがぞろぞろと西村のあとについて部屋を出てゆく。

「ひぃいっ」

「助けてくれっ」

すっかり毒気を抜かれてしまい、煩くわめいている香村組の若い衆の首根っこを捉えた早乙女が、

「命まではとらねえから安心しろって」

と笑って、せきたてるようにしてそのあとに続き、やがて室内には櫻内と高沢、二人が残った。

「……さて、と」

皆が出て行く様子を呆然と見守ってしまっていた高沢は、櫻内の笑いを含んだ声にはっと我に返り、目の前の燦然《さんぜん》と輝く美貌を睨みつけた。

「どうした？」

「……嵌《は》めたな？」

にっこりと微笑みかけてくる櫻内に、高沢は押し殺した声で問いかける。

「嵌めた、とは人聞きが悪い」

あはは、と高く声を上げて笑う櫻内の、幾分紅潮した頬の美しさを前に、高沢はようやく自身が知らぬ間に取り込まれていたすべての事象を理解したのだった。

「そんな目で見るな」

くすくすと笑う櫻内が、高沢の背を抱き寄せようと腕を伸ばしてくる。それを跳ね退けながら、なんということだ、と高沢は胸に溢れる憤りのままに、ここまでに至る全ての『画《え》』を描いたこの美貌の男を睨みつけた。

8

「いつからわかってたんだ」

いつまでも立ったままで話していることもないだろう、と櫻内は高沢をリビングへと誘った。西村の部屋にあったものと少しも遜色《そんしょく》のない豪華な応接セットに腰を下ろしたあと、怒りに燃えた眼差しを向け尋ねた高沢に、櫻内は少し困ったような顔をして微笑むと、

「何が？」

と高沢が聞きたいことは全てわかっているだろうに、敢えて彼に語らせようとでもするかのように、そう問い返してきた。

「……俺をボディガードにスカウトしたのは、西村と俺との係わりを知っていたからなのか」

「……まあね」

くすりと笑った櫻内の美しいとしか形容しようのない顔を前に、高沢はやはり、と小さく溜息をついた。

そう――すべてはこの櫻内の計画だったのだ。半年後に控えた菱沼組五代目継承の一番の

妨げとなっている香村の息の根を止めるため——実際手を下せば組をあげての抗争になるところを、一滴の血も流すことなく邪魔者を始末するその手口の見事さに、高沢はいつしか怒りよりも感慨を覚えつつある自分に思わず苦笑していた。

「……最初から説明してくれ」

「その笑顔には弱いからね」

またも高沢の前で櫻内は困ったように微笑んだあと、何を言っているんだか、と途端にいつもの愛想のない顔になった高沢の顔にまた笑い、

「まずは、だ」

と語り始めた。

「そもそもの発端は、西村という香村組と癒着しているキャリアの存在に気づいたことだった。このキャリアに罠《わな》を張るために、友人であるお前を手の内に取り込むことにした。香村組に目をつけられたせいで、警察をクビになったというバックグラウンドも使える。どうやって揺さぶりをかけてやろうかと思っていたところにもってきて、お前が思わぬ怪我をした。そこで——」

「『愛人』にした挙句に骨抜きにされている、という評判を立て、向こうの動きを誘った、というわけか」

何が骨抜きだ、と苦々しい口調で言い捨てた高沢に、

「ご明察だ」

と櫻内は笑い、話を続けた。

「敵はどうやらこちらの作戦に乗りつつあることはわかったが、今ひとつ動きが悪い。愚図愚図しているうちにそれこそ身の危険を感じるようになってきてね、リスキーと思いつつ、私が自分でも拳銃を持ち歩かなければならないほどに、香村組は焦ってきた。こちらから行動を起こそうかとしていたところに八木沼がちょうどいいタイミングでお前に西村の悪行を教えに来てくれた。そして今夜、あんな大捕り物になったというわけさ」

「……八木沼の上京、あれも偶然じゃないだろう」

「必然ではあるがね。だが頼んで来てもらったわけではない」

くすりと笑った櫻内に、高沢は、

「さすがだな」

と半ば呆れ、半ば感嘆の溜息をついていた。

男の自分を『オンナ』にしたという噂を聞けば、かつて刑務所内でその美貌に惚れ込んだ八木沼が興味を覚え、顔のひとつも見にくるだろうと櫻内は予測したのだろう。

その『オンナ』が警察関係者であったと知れば、自然と香村組と警察の癒着へと話題は展開されてゆく、それも櫻内は予測していたに違いない。確かに彼は何一つ、直接的な働きかけをしたわけではない。だが、『偶然』ではなく『必然』であったと言う彼にとって、周囲を取り巻く人間たちのあらゆる行動は全て予測の範囲内であったということなのだろう。

「……思い通りに人が動くのは楽しいだろうな」

自分には――いや、たいていの人間にはとても出来ない芸当だ、と高沢は、目の前の美貌の男を前に溜息をついた。

なんという計画性。なんという着眼のよさ。なんという見通しの正確さ。そしてなんという――冷徹さ。

人の心をここまで冷静に見極め、行動を予測できるこの男の底知れぬ恐ろしさを前にしては、感嘆の溜息しか出てこない。

「……そうなんでも思い通りに動かせるというわけではないさ」

不意に櫻内は彼に似合わず気弱なことを言い、

「え？」

と、思わず問い返してしまった高沢へと真っ直ぐに視線を向けてきた。

「……偶然は常に必然に勝る。西村の友人がお前だとわかったときにそれを思い知らされたよ」

「……どういう意味だ？」

眉を顰め、尋ね返した高沢に、櫻内は彼の思いもかけないひとことを口にした。

「言っただろう。一目惚れだったたって」

「……え？」

何を言い出したのだ、とますます眉を顰めた高沢の前で、櫻内がソファから立ち上がる。

そのままテーブルを回り込んで高沢の座る横へと腰を下ろしてきた櫻内は、戸惑い身体を引いた彼の背に腕を廻し、己の方へと引き寄せた。

「おい？」

「惚れたのは銃の腕だけじゃなかった。あの日からお前に恋焦がれてしまっていた、そういうことだよ」

「ふざけるのはよせ」

そのままソファへと押し倒されそうになるのを櫻内の胸に手をやり制すると、高沢はじろりと彼を睨み上げた。

「ふざけてなどいない。本当の話だ。あの瞬間——お前が私を狙うスナイパーを撃った、あの瞬間、私は恋に落ちてしまったんだよ」

己の胸を押しやる高沢の手を握り締め、切々と訴えてきた櫻内の、長い睫に縁取られた美しい黒い瞳が潤み、きらきらと輝いて見えた。思わず瞳の星に意識が吸い込まれそうになる自分に気づき、高沢は乱暴に彼の手を振り払うと、

「信じられないな」

とソファから立ち上がりかけた。

「……ほら」

な、と笑った櫻内が高沢の腕を捉え、ソファの、自分の座る膝の上へと強引に座らせようとする。

「よせ」

何が『な』だ、と睨んだ高沢に櫻内は、

「『そうなんでも思い通りに動かせるというわけではないさ』――一番思い通りになってほしいお前には『信じられない』と言われる始末だ」

と苦笑し、高沢の顔を覗き込んできた。

「……馬鹿か」

ぼそり、と言ってしまった途端、はっとした顔になった高沢の背を櫻内がぐいと引き寄せ、膝の上で彼の身体を横抱きにする。

「馬鹿で結構……ただ私は、どうしてもお前を手に入れたかった。あの日から恋焦がれていたお前を、どうすればこの手に抱けるか、そのことばかりを考えていた」

「…………」

熱く語る櫻内の片手は高沢の背中を抱き寄せ、もう片方の手が胸へと当てられる。

「……よせ」

ぎゅっと胸を摑まれ、反射的にその手を払い退けようとした高沢は、胸の突起を親指の腹で擦られ、びく、と櫻内の膝の上で身体を震わせてしまい、自身の身体の反応を恥じ唇を噛んだ。

「……まあ、カラダは実際、思い通りになってきたかもしれないな」

そんな高沢の羞恥をますます煽るようなことを言う櫻内を高沢はじろりと睨み上げ、彼の腕を逃れようと身体を捩る。

「あとは心だ」

高沢の抵抗など少しも応えぬ調子で櫻内はそう笑うと、

「何が心だ」

と暴れる彼を抱き上げ、そのまま寝室へと向かった。

「……あっ」

ベッドの上、あっという間に全裸にされた高沢の上に、やはり服を脱ぎ捨てた櫻内の見事な裸体が覆い被さってくる。慣れすぎるほどに慣れた性戯に、あっという間に高沢の息は上がったが、いつものようにそんな自身を疎む気持ちが今ひとつ湧《わ》いてこないことに戸惑う高沢の胸を、櫻内の唇が這ってゆく。

「んっ……」

　ぷっくらと紅く色づく胸の突起の色が褪《さ》める間もないほど、毎夜身体をあわせてきた――陵辱だと思っていた行為の裏に、自分への恋情があることなど、今の今まで知らなかった、と高沢は不思議な思いで自分の胸を舐る櫻内の、綺麗に撫で付けられた髪をついつい見下ろしてしまっていた。

「……どうした」

　視線に気づいたのかふと櫻内が顔を上げ、真っ直ぐに高沢を見上げてくる。

「いや……」

　唾液に濡れた唇があまりに淫蕩《いんとう》に見えたせいか、彼と目が合った瞬間、なぜかどきりとしてしまった自身にますます高沢の戸惑いは増し、思わず顔を背けた。

「…………」

　そんな彼の様子を暫くの間、櫻内はじっと見上げていたが、やがて目を細めるようにして微笑むと再び彼の胸の突起を口に含んだ。

「あっ……」

　舌先で転がされるようにして愛撫され、高沢が掠れた声を上げる。既に勃ちかけた互いの雄が二人の腹の間で擦りあわされ、ますます高沢を昂《たか》めていった。

　丹念すぎるほど丹念に胸を舐る櫻内の髪に、いつしか高沢の指が伸びてゆく。人の心を自在に操り、己の書いた脚本どおり、描いた地図どおりに他者を動かす能力をもつ、優れた頭脳と冷徹な心臓を持ったこの男が、自分を抱く腕はあまりにも優しく、いたわりに満ちていると思うのは、単なる勘違いか、はたまた馬鹿げた錯覚か——。

「やっ……」

互いの先走りの液が相手の腹を濡らしあう。両胸の突起を舌で、指先でこねくり回されているうちにすっかり高沢の雄は勃ちきり、甘い喘ぎが唇から漏れてゆく。

身体は確かに、櫻内によって彼が言うよう『仕込まれて』しまっていると思う。失墜するほどの快楽を伴う性行為を、今まで高沢は体験したことがなかった。身体の内で滾る欲情の焔がやがて肌の外まで焼き尽くし、脳が沸騰するほどの快感を、高沢は櫻内によって教えられたといっていい。

そんな自分を男のくせに、と厭《いと》うていたはずであるのに、身体同様、いつしか高沢の意識も、櫻内の与えてくれる快楽に身悶え、我を忘れて高く喘ぐ自身に慣れてしまった。更にそんな自分を受け入れてしまっているのだけれど、果たしてそれは本当に『慣れ』なのだろうか、と高沢は飛びそうになる意識の合間合間にそんなことを考える。

慣れ——確かにこのひと月あまり、毎夜のごとく抱かれてきたのだから身体が櫻内の愛撫に、その力強い突き上げに『慣れて』しまっているのも事実だった。だが『慣れ』だけだろうかと高沢は櫻内の乱れを知らない髪をかき回す自身の指を、まるで他人のもののように見つめていた。

胸の突起を吸い上げ、軽く歯を立てられるたびに、己の雄がびくびくと二人の腹の間で脈打っている。たまらず彼の髪を梳《す》き上げ、その頭を抱き締めてしまっているこの指は——彼の髪の感触を楽しんでいる自分の指は、どんな感情をその動きに込めて動いているというのだろう。

「あっ……」

ちらと櫻内が顔を上げ、高沢と目をあわせて微笑むと、痛いくらいの強さで胸の突起に歯を立てた。たまらず声を上げた高沢のもう片方の胸の突起を引っ張り、抓《つね》り上げるという乱暴なくらいの彼の愛撫に、ますます高沢は昂まり、次第に思考力が落ちてゆく。

「あっ……んんっ……あっ……」

執拗な胸への愛撫と、二人の身体の間で擦りあわされる互いの雄への感触に、やがて思考も羞恥も吹っ飛び、気づけば高く声を上げ始めた高沢は、いつしか自ら刺激を求めて腰を櫻内に擦り寄せてしまっていた。そんな高沢の無意識の所作に、その胸から顔を上げた櫻内が、それがまた愛しいのだというように煌《きらめ》く黒い瞳を細めて微笑み、少し身体を浮かせた。

「やっ……あっ……」

二人の腹の間に手を差し入れ、擦り寄せられる高沢の雄を、やはり勃ちきっていた己の雄と一緒に握り込む。

「やっ……あっ……あっ……」

そのまま勢いよく二本同時に扱き上げる櫻内の手の中で、互いの雄が擦りあわされるときに竿に感じるぼこぼこという感触にますます高沢は昂まってゆく。快楽の証《あかし》の白い雫《しずく》が彼の先端から零れ落ち、二人の雄がその液に塗れて、にちゃにちゃという淫猥な音を立てていった。

「あっ……はぁっ……あっ……あっ……」

快楽に身悶え、高く声を上げる高沢の顔を、櫻内はじっと見下ろしていた。麗しい瞳が愛しげに細められ、慈愛に満ちた眼差しを向けてくるその表情は、高沢を抱くときに常に櫻内が見せるものなのだが、行為に翻弄されるあまり未だ高沢は気づかずにいるのである。

「はぁっ……あっ……あっ……あっ……」

早くも絶頂を迎えようとしている高沢が、快楽に耐え切れぬように櫻内の背中に爪を立てる。しがみ付くように廻される高沢の腕が櫻内の背を抱き寄せる日が来るとしたら、きっとそれは、彼がこの、愛しさに満ちた櫻内の眼差しに気づいたときに違いない。

「あっ……あっ……あっ…あっ」

高く声を上げ、一足先に達した高沢を追いかけるようにして櫻内も達し、二人の精液が互いの腹を濡らす。はあはあと息を乱し、胸を上下させている高沢のこめかみに、額に、頬に、そして唇に櫻内の熱い唇が押し当てられる、その感触の心地よさに目を閉じ、なぜか満ち足りた気持ちに陥りそうになる自分に内心首を傾げている高沢にとって、『その日』は意外に早く訪れるのかもしれなかった。

三日後、香村組組長香村靖彦《やすひこ》が覚醒剤売買の容疑で逮捕されたというニュースがメディアをにぎわせた。末端価格にして二十億もの覚醒剤が組事務所から押収された上に、香村本人も覚醒剤を常習していたことがわかり、異例とも言われる早さで送検、香村組は事実上解散となった。

その前日に、西村は警察を退職、姿をくらませたらしいという話を、高沢は奥多摩の射撃訓練所の管理人、三室《みむろ》の口から聞いた。三室は教官をしていた関係で、未だ警察内に情報収集の太いパイプを持っているらしいのである。

「理由も何も言わず、ただ『辞める』の一点張りだったらしい」

「そうですか」

果たして警察は、香村組と西村との癒着に気づいていたのかを高沢は確かめたい気もしたが、敢えて穿《ほじく》り返すことでもないか、と尋ねずに済ませてしまった。

西村から高沢に連絡が入ることは当然——といおうか——なかった。一度高沢の携帯に非通知の電話が入ったが、出ると切れてしまって二度とかかってくることはなかった。もしや、と思いはしたが確かめる術はなく、高沢はせめて今、西村が静謐《せいひつ》な気持ちでいるといいと願わずにはいられなかった。

ふた月が経ち、約束どおり高沢はボディガードの任務に復帰した。香村が逮捕されたとはいえ、五代目継承を目前にした櫻内の周囲では今まで以上に不穏な雰囲気が色濃くなってきたこともあり、ボディガードはますます必須となりつつあったのである。

そうして高沢がボディガードに復帰したあとも、櫻内は頻繁に高沢の部屋を訪れた。

「もう『オンナ』に骨抜き、という演技は必要ないんじゃないか？」

来れば必ず抱こうとする櫻内に、高沢はそう問いかけたことがあったが、

「演技で男が抱けるか」

と軽く流され、ベッドに押し倒されてしまった。

「……ボディガードができない間の愛人契約だという認識だったんだが」

「サラリーを倍払えというなら払うさ」

何か問題があるか、とにっこりと微笑みかけてくる美貌の男——間もなく関東一円を手中に治めるであろう男の唇が高沢の唇を塞ぐ。

人の心を捉えずにはいられないその理由は、類稀《たぐいまれ》なる美貌のせいなのか、恐ろしいほどに切れる頭のせいなのか、はずさぬ行動力の賜物《たまもの》なのか、志高い任俠《にんきょう》の魂がそうさせるの

か、それとも生まれついてのカリスマ性のおかげなのか——時折高沢は一人そんなことを考える。

それはとりもなおさず、高沢自身が彼に——比類ない美貌の持ち主であり、明晰《めいせき》な頭脳と思いもかけぬ行動力と、人を惹きつけてやまぬ、生まれついてのカリスマ性を持つ櫻内に、惹かれる理由を見出そうとしているのと同義であるに違いない。

飽きもせず毎夜のように通ってくる美貌の極道に、高沢が陥落される日も近い。

愛だの恋だの

明日は高沢《たかざわ》にとっては休日のはずであった。関東一の勢力を誇る広域暴力団『菱沼組《ひしぬま》』の次期組長、櫻内《さくらうち》のボディガードに雇われてから早五ヶ月が経《た》とうとしている。一日働き一日休む、という勤務形態は、緊張感を保つためとのことで、合計六名のボディガードが一日交替で櫻内の警護にあたっていた。

高沢は今日がその『出勤日』であったから、明日は休みのはずだったのである。が、勤務の日は必ず、休みの日もほぼ必ず——早い話が毎日、高沢のために用意したこの山手通り沿いのマンションに彼を抱きにやってくる櫻内が、今夜もやってきた挙句、明日は自分も休みであるから一日一緒に過ごそうなどと言い出したものだから、

「カンベンしてくれ」

と高沢はベッドの中で悲鳴を上げたのだった。

「何がカンベンだ」

珍しいことに明日は、この多忙な櫻内に何も予定が入っていないのだという。こんなことは一年に何日もないのに、と恩着せがましいことを言われてもと、高沢は溜息《ためいき》をついた。

犯されるようにして抱かれたのが彼らの関係の最初であった。そのあと、櫻内のある思惑

により『愛人』契約を結ばされた高沢であったが、その契約——勿論本人は締結したつもりはなかったが――期間が終わったあとも、櫻内は連日高沢の部屋を訪れる。

『ひと目見たときから恋焦がれていた』

まさかその告白が本気であったとは思えなかった高沢だが、こうして飽きもせず連夜通ってくる櫻内を見るにつけ、あながち冗談ではなかったのかと最近になってようやく信じられるようになってきた。

もとより高沢には男色趣味はない。まさか自分が櫻内の手により『男の味』を教え込まれることになろうとは、と己《おのれ》の不運を嘆いた高沢だったが、慣れというものは恐ろしいもので、毎夜櫻内に激しく攻め立てられているうちに身体のほうは高沢の意思を超え、すっかり櫻内を受け入れるようになっていた。

気持ちの上では今ひとつ納得できなくはあるのだが、それでも自分が櫻内の前で強制もされていないのにこうして脚を開くのは多分、櫻内に対してそれなりの気持ちを抱《いだ》いているからだろう、とまるで他人事《ひとごと》のような淡泊さで高沢は自己を分析していた。

もとより高沢は何に対しても淡泊なのだ。今まで付き合った女がいないわけでもなかったが、数ヶ月すると必ず女の方から『何を考えているのかわからない』と去ってゆく、というパターンを繰り返していた。この『何を考えているのかわからない』は櫻内も彼に対してよく口にする言葉なのだが、そのあとが今までの女とはリアクションが違う。自分がわかるようになるまで説明しろと強要するのである。

上に立つ者特有の特徴なのだろうか、櫻内は自分が相手にするその人物のすべてを把握したいと思っているようで、感情の発露が乏しすぎて少しもわからん、と無表情な高沢に対しては、常に何かと口で説明させようとした。

「カラダのほうがよっぽど饒舌《じょうぜつ》だ」

「そうか？」

自分ではよくわからないと首を傾《かし》げる高沢を前に、櫻内はにやりと笑うと、

「舐《な》めてほしい、弄《いじ》ってほしい、貫いてほしい……身体全体で訴えかけてくる」

うるさいほどにカラダの声が聞こえるよ、と下卑たことを言って高沢の眉を顰《ひそ》めさせた。

もしかしたら櫻内がここまで連日自分のもとへと通ってくるのは、自分が何を考えているか、それがわからないせいかもしれない、と高沢は思うことがあった。何かの折にそれを本人に聞いたことがあったのだが、櫻内は、

「さあねえ」

と笑ったあと、しみじみと、

「本当にお前には情緒というものがないな」

と溜息をついてみせた。

「情緒？」

「愛だの恋だのに身を焼くことはないのかね」

「……どうだろう」

正直高沢にとっては、愛だの恋だのを語り合うことのプライオリティは今までは著しく低かった。その暇があれば仕事に精を出していたかもしれない、と告げた高沢を、

「つまらない人生だな」

と櫻内は笑ったが、確かに今までの自分の地味な人生を顧みると、櫻内のような波乱万丈の人生を歩んできた者に笑われるのも当然かと思わなくもないなと高沢は納得してしまうのだった。


「本当にお前には、愛だの恋だのという情緒がない」

折角一日フルでオフなのに、と珍しくも櫻内はしつこく高沢に絡んできた。

「……オフだから何がしたいと言うんだ」

一日ベッドにいるなどと言われたら迷惑だ、と牽制《けんせい》しつつ、高沢は仕方なく櫻内の話にのってやることにした。

「そうだな」

途端に櫻内の機嫌がよくなるのがまた面白い。出会った当初はこの櫻内という男は、高沢にとっても謎だった。それこそ彼の考えていることが何から何までわからない。が、五ヶ月を経て毎夜のごとく身体をあわせていくうちに、なんとなく彼が今、何を欲しているのかとか、何をしたがっているのかとか——勿論閨《ねや》のことだけに限られたことではないのだが——高沢にも通じるようになってきた。

とはいえそれは、前は理由もわからず怒り出した櫻内に首を傾げていたのが、最近は怒り出した理由をあとから察する、というレベルではあるが、概して人に対して興味が薄いがゆえに、そのようなことを考えたことがなかった高沢にとっては大きな変化であった。

「何をするかな」

上機嫌のままに櫻内が高沢の背を撫《な》で下ろす。達したばかりで感じやすくなっている高沢の身体が少しの刺激にびくりと震えるのに、櫻内の機嫌はより上向いたようだった。

「こうしてだらだらとベッドで過ごすのも悪くはないな」

「だからそれはカンベンしてくれと……っ」

まったく、と呆《あき》れた目を向けた高沢だったが、背中を滑り降りた手でぎゅっと尻を摑《つか》まれ、うっと息を呑《の》んだ。

「お前もまだやり足りないみたいじゃないか」

「充分だ……っ」

にやりと笑って端整な顔を近づけてきた櫻内の指が、先ほどまで散々彼の立派なそれを咥《くわ》え込んでいた高沢の後ろへと挿入される。

「よせ……っ」

「ここは『よせ』とは言ってないな」

中でぐるりと回した指の動きに、高沢のそこはひくひくと先ほどの余韻とばかりに蠢《うごめ》き、櫻内の指を締め付けた。

「ほらな」

「……っ」

更にもう一本、挿入された指でぐちゃぐちゃと中をかき回されてゆくうちに高沢の息が上がり始める。

「こっちの口くらいこっちの口も正直になれ」

そう言い、唇に唇を寄せてきた櫻内を、

「……下品な男だ」

乱れる息を抑え込み、高沢がじろりと睨み上げる。

「下品で結構」

こんなことが出来るのならね、と櫻内は高沢の片脚を摑んで無理やりに上げさせると、指の代わりに既に勃《た》ちきっていた彼の雄を捻《ね》じ込み、おもむろに腰を前後しはじめた。

「よせ……っ……もうっ……」

かさのはった部分が内を抉《えぐ》り、続いてぼこぼこした特徴ある感触が内壁を擦《こす》り上げ、擦り下ろしてゆく。抜き差しのたびに先ほど櫻内が放った精液の名残《なごり》が高沢のそこから零《こぼ》れ、尻を伝ってシーツを濡《ぬ》らしていった。

「…『もう』？」

くす、と笑った櫻内の顔は余裕に満ちていたが、彼の身体の下で仰《の》け反《ぞ》り、白い喉《のど》を見せている高沢には余裕の欠片《かけら》も見られない。

「もう……っ……限界だ……っ……」

「お前の限界は誰より俺が知ってるよ」

くすくす笑いながら櫻内は高沢の両脚を抱え上げる。接合が深まり、さらに奥を抉られる快感に、櫻内の腕の中で高沢の両脚はまるで壊れた機械仕掛けの人形のそれのように、面白いくらいに跳ね上がった。

「あっ……はぁっ……あっ……あっ……」

『限界』と言っていたはずの高沢の雄が、後ろへの刺激にすっかり勃ち上がり、先端から零れ落ちる透明な液が己の腹を濡らしてゆく。部屋の灯《あか》りを受け、ぬらぬらと煌《きらめ》くその液体を、彼の片脚を離した手で櫻内は掬《すく》い取ると、

「ほらな」

と勝ち誇ったような顔で高沢の前に示してみせたのだが、既に高沢の意識は滾《たぎ》る欲情に飲み込まれ、目の前の櫻内の指を認識していないようだった。

「あっ……はぁっ……あっ……あっ……あっあっあっ」

激しく首を横に振り、髪を振り乱すその様は、彼の絶頂が近い合図だった。そろそろ本当に限界か、と櫻内は苦笑するように笑うと再び彼の両脚を抱え上げ、一気に解放してやろうと激しく腰を打ちつけはじめた。

「……で、何をしようか」

高沢がぜえぜえ言いながらシーツに顔を伏せているその横で、疲れを少しも感じさせない笑顔の櫻内がそう問いかけてきた。

「……なに……？」

休みなしの激しい行為に、既に意識が朦朧《もうろう》としてきていた高沢がぼんやりとした声を出し、物憂げな顔を櫻内へと向ける。

「そういう顔を見せるな」

キリがない、と苦笑した櫻内は、それでも一応の自制はし、そのまま眠り込みそうな高沢の体を己の胸に抱き寄せた。

「……顔？」

「顔はどうでもいい。明日、何をしたいかと聞いているのさ」

「明日……」

半分眠りの世界に引き込まれつつある高沢の頭に、ふと『やりたいこと』が一つ浮かんだ。

「奥多摩……」

「なに？」

よく聞き取れない、と顔を寄せてきた櫻内に、

「三室《みむろ》教官の練習場」

それだけ言うのがやっとだった。朦朧とした高沢の意識が更に翳《かす》んでくる。

「……無趣味な男だ」

苦笑する櫻内の声を遠くに聞いたのを最後に、高沢は櫻内の厚い胸板に唇を押し当て、そのまま眠りの世界へと落ち込んでいってしまったのだった。


そういうわけで翌朝、櫻内と高沢は二人して奥多摩の射撃練習場へと向かうことになった。

運転手の神部のほかに、ボディガードとして早乙女もついてきて、高沢の少しも休日らしくない休日はこうして幕を開けたのだった。

「組長が練習場にいらっしゃるのは、随分久々じゃないですか」

早乙女はあまり射撃が得意ではない。教えてくれ、と頼まれて高沢は二度ほど練習場に彼を連れて行ったのだが、なかなか的に当たらないとすぐに癇癪《かんしゃく》を起こして止《や》めてしまうという、超がつくほどに出来の悪い生徒だった。

「そうだな。半年ぶりくらいか」

後部シートに高沢と並んで座った櫻内が、助手席に座る早乙女に答えながら、手を高沢の太腿《ふともも》の間へと差し入れてくる。

「おい」

若い衆の前で、と手首を掴むより前に、櫻内の手は高沢の脚の付け根へと入り込み、ぎゅっとそこを握ってきた。途端に運転席の若い神部と、助手席の早乙女が目を見交わし、

「今日は高速は混《こ》むのかねえ」

などとわざとらしくも声高《こわだか》に二人で会話をしはじめる。

「射撃も嫌いじゃないんだが、なかなか手に馴染《なじ》む銃が見つからないのが困りものだ」

歌うような口調で櫻内はそう言いながら、手では高沢の下肢を揉《も》みしだく。

「……いい加減に……っ」

ジーンズの上から硬くなりかけた先端を親指と人差し指の腹で擦られ、う、と低く呻《うめ》いてしまった高沢が、櫻内の手を摑みじろりと睨み上げた。

「このくらい手に馴染んでいる銃が欲しいものだよ」

「馬鹿か」

最後にぎゅっとそれを握り、にやりと笑ってみせた櫻内に呆れた高沢の声が飛ぶ。

「こうやって常に弄っていないとなかなか馴染まないものかもな」

「下ネタもいい加減にしろ」

まったく、と溜息をついた高沢は、自分たちの様子を観察していたらしい早乙女をバックミラー越しに睨《にら》みつけた。いけねえ、というように早乙女が舌を出し肩を竦《すく》める。

「この先も空《す》いているようです。三十分程で到着すると思います」

礼儀正しさが気に入られたという運転手の神部が、ちょうど表示板の下を通り過ぎたのかそう告げた。

「三十分か……時間はあるな」

「おい」

またも櫻内が高沢の太腿へと手を伸ばしてくるのを、高沢が慌てて手首を摑んで止めようとする。

「手持ち無沙汰《ぶさた》なのさ」

「……あのなあ」

高沢の抵抗などおかまいなしといった調子で櫻内の手が先ほど同様、高沢の太腿の内側へと滑り込む。これは嫌がれば嫌がるだけムキになるに違いないと溜息をつき、抵抗を諦《あきら》めた高沢に、

「お前もいい加減馴染んできたな」

櫻内は満足そうにそう微笑《ほほえ》むと、ぎゅっと高沢のそれを愛しげに握り締めたのだった。


「これは組長。お久し振りです」

奥多摩の射撃練習場に到着すると、既に連絡が入っていたのだろう、三室が自ら櫻内を出迎え、丁重に頭を下げてきた。

「どうも」

「やあ」

多いときには一週間に一度、間があくときでも二週間に一度はここを訪れる高沢が、小さく三室に頭を下げる。警察時代の教官と思わぬ再会を果たして五ヶ月、以前より余程頻繁に会うようになったと互いに笑いあう三室と高沢はある意味『似た者同士』なのかもしれなか

った。

そう――高沢も三室も、銃に魅《み》せられ、銃から離れられなくなっている人種なのである。

「どうします？　四十五口径にしますか？　久々なら三十八口径から入りますか」

早速上着を脱ぎ、早乙女に手渡している櫻内に三室が使用する銃を尋ねた。

「今日はマグナムにしよう」

「かしこまりました」

慇懃《いんぎん》に三室が礼をしている間に、若い衆がマグナムを載せた盆を恭《うやうや》しく掲げ、櫻内の前で頭を下げる。

「高沢は自分の銃で撃つだろう」

「はい」

二人とも今は警察を辞めているにもかかわらず、警察時代と同じような口の利き方をしてしまう。その辺も似た者同士なのだろうと高沢は内心苦笑しつつ、若い衆が差し出してきた弾とイヤープロテクターを受け取った。

「撃たないのか」

櫻内の上着を受け取り、その場に佇《たたず》んでいた早乙女に高沢が声をかけると、

「撃とうかなあ」

早乙女は上着を運転手へと手渡し、櫻内と同じマグナムを手にとった。

「それでは、何かありましたら監視室にいますので」

かっちりとしたお辞儀をし、三室が射撃場をあとにしたあと、三人はそれぞれ的に向かって立ち、好きなように撃ち始めた。

バァーン　バーン　バーン
硝煙の匂《にお》いがあたりに立ち込めてゆく。鼻腔《びこう》をくすぐる火薬の匂いを、高沢は一瞬銃を下ろし胸一杯に吸い込んだ。

高沢が何より好むこの香り――銃を撃っているときの自分が一番生き生きとしているのではないかと高沢は自分で思っていた。無心に引金を引き続けていると、イヤープロテクターをしているとはいえ轟音《ごうおん》が周囲を覆い、冴《さ》えきっているはずの意識が一瞬朦朧とするときがある。立ち昇る火薬の匂いに包まれ、恍惚《こうこつ》感が自分を襲う。その瞬間こそが高沢にとって、まさに『至福のとき』であった。

「どうした」

暫《しば》し呆然《ぼうぜん》と佇んでいた高沢の横で撃っていた櫻内が声をかけてくる。――とはいえ、聞こえるわけではなく、口の動きを読んだだけなのだが――高沢はなんでもない、と首を横に振ると再び的へと銃口を向けた。櫻内もまた、自分の的へと向かって銃を構える。

「……………」

ふと視界に入った櫻内の美貌に高沢の引金を引く指はまた止まった。どれほど見ても見飽きることのない顔である。ほっそりとした優しげな女顔であるのに、厳しい双眸《そうぼう》と削《そ》げた頬が、顔立ちから当然感じさせるであろう『女々しさ』を綺麗《きれい》に払拭《ふっしょく》していた。
これほどに整った顔立ちをした人物に、未だかつて高沢は出会ったことがなかった。美麗、という言葉だけでは語り尽くせぬ、特徴的な顔である。黙って立っているだけでもそれこそ『傾国の美女』になり得ただろうに、この男は自らの暴力と頭脳で他者を退け、傾国どころかまもなく関東の極道の頂点に立とうとしている――。
バァー……ン
櫻内の構えるマグナムから弾が発射された。反動がすごいこの威力のある銃で、銃口が少しもぶれることがないのは、彼の鍛え上げられた筋力の賜物なのだろう。かつて三室が『凄《すご》腕《うで》だ』と評したことのある彼の射撃の腕前を少し拝見しようかと、高沢は自身の銃を下ろして櫻内へと向き直った。
バァーン　バンバンバン
櫻内の拳銃から続けて弾が発射される。適当に乱射しているとしか見えない撃ち方だが、やはり銃口はぶれていなかった。どれほど正確に的を撃ち抜いているのかあとで三室に見せてもらおうなどと考えていた高沢の前で、櫻内は銃を下ろし、いきなり彼の方へと視線を向けた。
「？」

「飽きた」

気づけば既に早乙女も『飽きて』しまったのか、室内に銃声は響いていなかった。イヤープロテクターを外した櫻内に倣い、高沢も外す。何か話がありそうな顔を彼がしていたからである。

「シャワーを浴びて帰ろう」

「もうか？」

まだ撃ち始めたばかりじゃないか、と抗議の声を上げかけた高沢へと櫻内は大股で歩み寄ると、おもむろに肩を抱いてきた。

「なに」

「熱い視線に酔った責任をとってもらおう」

肩に置かれた手が背中を滑り、高沢の尻を掴む。

「……それしか頭にないのか」

「誰のせいだ、という話だな」

くす、と笑った櫻内が無言で左手を挙げる。

「はい」

駆け寄ってきた早乙女に持っていた銃を渡すと、目でお前も渡せ、というように高沢の顔を覗き込んだ。

「頼む」

「はい」

櫻内の前では早乙女は高沢に対して敬語になった。なぜだ、と聞くと『組長の愛人だから』と大真面目な顔で答えるので高沢は笑ってしまったのだが、極道の世界ではそういうものなのかもしれなかった。

「シャワーを浴びたら帰る。車の用意を頼む」

「はい」

直立不動になった早乙女が頭を下げる。

「お前も浴びなくていいのか？　火薬臭いだろう」

早乙女も銃を撃っていたのだからと声をかけた高沢の耳元で、櫻内が軽く舌打ちする音が響いた。

「なんだ」

「早乙女は遠慮してくれるのさ」

にっこりと切れ長の美しい瞳を細めて微笑む櫻内に、まさか、と高沢は眉を顰める。

「行こう」

どういうつもりだと問いたげな高沢に口を開かせることなく、櫻内は彼を伴いシャワールームへと向かった。

櫻内はこの射撃場を組員の訓練のために建てたのだという。それゆえ、シャワー室もいっぺんに十五、六人が浴びれるほどに広く作ってあるのだが、今日は高沢と櫻内の貸切であった。

淡々と服を脱ぎ、先にシャワー室へと入っていった櫻内の見事な裸体の残像が高沢の網膜に焼きついている。セックスのときには殆《ほと》んどといっていいほどに部屋の灯りはつけっぱなしにされてしまうので——勿論これは櫻内の趣味である——彼の裸体は見飽きるほどに見ているはずであるのに、こうした公共の、射撃練習場のようなストイックな場で、しかも陽光が窓から差し込むシャワー室で見る彼の裸体は、閨《ねや》で見るそれよりもある種独特な迫力を感じさせ、思わず高沢は見惚《みと》れてしまったのだった。

多分その迫力こそ『美』というものなのだろう——自分に似合わぬ文学的な表現だな、と苦笑し高沢は衣服を脱ぎ捨てる。胸といい腹といい、あらゆるところに残る薄紅《うすあか》い吸い痕《あと》は昨夜の行為の名残《なごり》だった。つけた本人の裸体があれほどまでに美しいのに比べ、己の身体が陽光にそぐわぬことに、抱かなくてもいい劣等感を抱きそうになっている自分にまた苦笑し、高沢は全裸になると自分もシャワー室へと向かった。

既に櫻内は入り口近いところでシャワーを浴びていた。広々とした設備であるから、と敢えて彼の傍を避け、奥へと向かおうとした高沢の腕を櫻内が摑んだ。

「なんだ」

「来い」

ぐいと腕を引かれ、突然のことに脚が縺《もつ》れてシャワーの真下へと倒れ込みかけた高沢の頭の上から湯が降ってくる。

「わ」

「悪い」

体勢を立て直した高沢の背に櫻内の両腕が廻る。強引に抱き寄せられ、唇を塞《ふさ》がれた高沢の背にシャワーの湯が降り注いだ。

「ん……」

流れ落ちるシャワーの湯を追いかけるように、櫻内の手が高沢の背を滑り、両手で双丘《そうきゅう》を摑んでくる。ぐい、とそのまま身体を引き寄せられ、ぴたりと重ねられた前半身に互いの雄を感じ、低く呻いた高沢の後ろに櫻内は指を這《は》わせてきた。

「……っ」

尻の肉を摑むようにして広げさせられたそこに、シャワーの湯が流れ込む。湯と一緒に捻じ込まれた彼の指が奥を抉る、その感触に高沢は身体を震わせ、気づけば櫻内の肩へとしがみ付いてしまっていた。

「銃を撃っているときのお前もいいが、やはりこちらのほうが好みかな」

高沢の耳に唇を寄せ、囁《ささや》いてきた櫻内の手が高沢の脚にかかる。片脚の太腿を持ち上げて己の腰へと廻させたあと、より露《あらわ》になったそこを櫻内は指で犯し始めた。

「やっ……」

二本の指が乱暴なほどの強さでそこをかき回す。背中から流れ落ちるシャワーの湯は、櫻内が指を動かすたびに中へと流れ込み、ただでさえ熱く滾るそこへますます熱を与えていた。

「あっ……はぁっ……あっ……」

間断なく背中に浴びせられるシャワーの湯のあたる感触にすら、高沢は感じてしまっていた。焦点の合わぬ目が見上げた先に、いつもはその存在を何とも思わなかった監視カメラが映ったが、もしや監視室からはこのシャワールームの映像も映るのかとぎょっとしたのも一瞬で、すぐに高沢は己の身体を焼き尽くす快楽の焰《ほむら》に身を預けてしまっていた。

シャワー室にこもる湯気に、反響する己の喘《あえ》ぐ声に、すっかりあてられてしまったかのように、自力で立っていることもできず、両手で、その腰へと持ち上げられた脚で、高沢は櫻内の身体にしがみつく。

自然と密着してしまった腹に櫻内の勃ちきった雄を感じ、凹凸のある竿が腹を擦るたびに抑えられない劣情が高沢の身体を駆け抜ける。知らぬうちに自ら身体を擦り寄せていること

に彼が気づいたのは、キュッという音がしたと同時に降り注いでいたシャワーの湯が止まり、壁へと背中を押し当てられた、そのときだった。浴室のタイルの冷たさが彼を瞬時にして我に返させたのである。

ひゃっと小さく悲鳴を上げた高沢の片脚をさらに高く掲げた櫻内が、強引に後ろに勃ちきった雄を捻じ込んでくる。

「あっ……」

キツい体勢に呻いたはずの高沢の声は、いつしか高い喘ぎになっていた。強引に腰を進めてくる櫻内の、見事な雄が熱を孕《はら》んだ高沢の内部をこれでもかというほどに突き上げる。

「あっ……はぁっ……あっ……あっ……」

高く声を上げながら、高沢は崩れ落ちそうになる身体を支えようと櫻内の肩に両手を廻しぎゅっとその背にしがみつく。櫻内の髪に残る硝煙の匂いを嗅《か》いだ途端、高沢の背を電撃のような強烈な刺激が走り抜けた。

「あっ……あっ……あぁっ……」

シャワールームにやかましいほどに響き渡る声を恥じることも出来ぬほどに、襲い来る快楽の波に翻弄《ほんろう》された高沢は、己の身体も意識も、何もかもを自らしがみついていった櫻内の腕に委《ゆだ》ね、同時に彼の尽きせぬ欲情の発露を全身で受け止めてしまったのだった。

行為に疲れ果てた身体を申し訳程度のシャワーで流し、高沢は櫻内に伴われて射撃場のエントランスへと向かった。

「お疲れ様でした」

出迎えに来たのと同様、見送りに足を運んだ三室に、櫻内は唇の端を上げただけの小さな笑顔で答えた。

「また来ます」

すたすたと出口へと向かってゆく櫻内のあとを追いながら、高沢が三室に頭を下げると彼も、

「ああ。待ってる」

といつものように挨拶《あいさつ》を返したのだったが、それを聞いた櫻内の足がその場でぴたりと止まった。

「三室」

「はい？」

櫻内がゆっくりと身体を返し、三室を肩越しに振り返る。一体何事だ、というように眉を顰めたのは三室だけではなく、最近ようやく櫻内の顔色を見ることができるようになった高

沢も、不機嫌にしか見えない彼の様子に、何が気に触ったのかと眉を顰めて彼を見た。

「監視室からシャワールームを見ていただろう？　昔はどうあれ、今、コレは俺の『オンナ』だ」

不意に伸びてきた櫻内の手が、呆然と立ち尽くしていた高沢の腰へと廻り、抱き寄せてきたのに、高沢は驚いて、

「おい？」

と櫻内の端整な顔を見上げてしまった。

「口の利き方には気をつけるんだな」

腕に抱く高沢の視線をまるで無視し、櫻内が三室へと厳しい眼差しを向ける。

「何を言ってるんだ」

馬鹿馬鹿しい、と高沢が櫻内の胸を突くより前に、三室は櫻内と、そして高沢に向かい深く頭を下げていた。

「申し訳ありません」

「わかればいい」

にっとまた、唇の端を上げて微笑むと、櫻内は高沢の腰を抱いたまま自動ドアを出ようとした。

「おい？」

一体何が気に入らなかったというのだ、と首を傾げた高沢が、肩越しに三室を振り返る。と、三室は高沢に向かってそれまでしたことのない深いお辞儀をしてみせ、高沢を唖然《あぜん》とさせたのだった。

「一体どういうつもりだ」

車に乗り込んだ途端、高沢は思わず櫻内を問い質《ただ》してしまっていた。警察を辞めてはいても、三室にどれだけ世話になったか知れぬ高沢にとっては、三室はやはり敬うべき先輩であった。その三室に自分への過度の礼節を強要するとはどういうことだ、と声を荒立てた高沢は、櫻内の答えを聞いて呆れ返ってしまった。

「自分以外にお前が敬う相手がいることが気に入らなかったのさ」

「……馬鹿か」

ぽろりと口から零れた『馬鹿』という言葉は、かつては櫻内を激怒させたものであったが、最近では眉を顰めることもなくなった。それだけではなく、言葉遣いも以前と比べたら自分も、櫻内もかなりくだけてきていると思う。そう思いながらも高沢は呆れたあまり、

「敬って欲しかったのか」

と溜息混じりに櫻内を眺めたのだったが、そんな高沢に、櫻内はさらに呆れた眼差しを向けると、

「本当にお前には情緒というものがない」

とあからさまに溜息をついた。

「情緒？」

「ヤキモチだ、ヤキモチ。そのくらいわかってくれよ」

本当にもう、と櫻内は高沢の肩を抱き寄せ、まだ濡れている髪に唇を押し当ててくる。

「……射撃だけしか興味がないお前に、愛だの恋だの、そういう言葉をいつか語る日がくるのかね」

櫻内がやれやれ、と溜息をつく。その言葉を聞いたとき、その『射撃』がおろそかになるほどに今日は櫻内に見惚れてしまっていたのだったという事実に高沢は初めて気づいた。

「………………」

唯一己を惹きつけてやまなかった射撃以上に、自分の興味を引いているに違いない男の顔を、高沢はまじまじと見上げてしまっていた。

「なんだ」

視線に気づいた櫻内が、少し身体を離して高沢を見下ろし、尋ねてくる。

「いや……」

自分がその『情緒』の欠片を自身の中に見出したと言ったらどんな顔をするだろう、と思わず笑ってしまいながら、常に『情緒』が胸に溢《あふ》れているらしい櫻内に、高沢はなんでもない、と首を横に振ってみせたのだった。

たくらみは美しき獣の腕で
〜コミックバージョン〜
原案:愁堂れな
作画:角田 緑
前々から思ってはいたが
何故 お前はいつも決まったシャツとジーンズしか着ないんだ?
…スーツなんていちいちめんどくさい
ぼーー。
ほぉ
…
イヤな予感…
よし
この際だ一度ちゃんと着てみろ
パチン
へいっ
ザザッ
げ

なんだ
着せて
みるものだな
なかなかのもの
じゃないか
七五三みたいだが
カンベンしてくれ
ぐしゃ
こんなの毎日
着てたら
肩がこる
って
おい！
普段の格好も
もちろんいいが

これはこれでかなりそそられる
ぎょっ
おいっ
バカか!!服を着ろと言ったのはお前じゃないか!
脱がせてどうする
↑ベルト
わかってないな
ふー
そもそも服とは…
脱がせることに意味があるのさ
コラ待て!!
ガバッ
おいっ
あ〜〜っ
END

美しき獣のモノローグ

一目惚《ひとめぼ》れだった、と彼に告げた言葉に嘘はない。

だが本人は、からかわれたとでも思ったようだ。

『一目惚れ』とは容姿に惹《ひ》きつけられるという意味合いが大きい。それほどの顔をしていないだろう、と言いたげな彼の顔立ちは、自身が思っているほど悪くはない。

だが万人が見て『美しい』といわれるような、いわゆる『美形』ではないというのもまた事実だった。

愛嬌があれば、容姿そのものがそう整っていなくても可愛く見える、というパターンはよくある。彼の場合はまさにその逆で、容姿そのものは整っていないわけではないのだが、極度な愛想のなさが顔立ちから魅力を一切排除しているのだ。

それだけに、ちょっとした表情の変化が生まれると、驚くほど魅惑的な顔になる。その『変化』は驚愕であっても、怒りであっても、悲しみであっても同じく魅力を生むのだが、彼の容貌を最大限に引き立てる表情が二つあった。

一つは『笑い』であり、そしてもう一つが——『苦痛を堪《こら》える』顔である。

俺が『一目惚れ』した彼の表情は『笑み』でも『苦痛を堪える』ものでもなかった。チンピラが発砲するのを防ぐためにそのチンピラを撃った直後の、どこか恍惚《こうこつ》とした顔に俺の目は惹きつけられたのだった。

その表情が浮かんだのは一瞬で、自分が撃ったチンピラに向かい駆け出したときには、既に彼は刑事の顔を取り戻していた。チンピラが狙っていた相手を——それが俺だったわけだが——求めて周囲を見渡した彼の顔はほとんど無表情で、一瞬浮かんだ素晴らしい魅力はまるで払拭《ふっしょく》されていた。

狙撃の腕も素晴らしいものだったが、彼の『顔』に惚れた。その日から俺は彼をなんとしてでも手中におさめたいと思い、周辺情報を集め始めた。

写真も随分と集まった。一日の大半、無表情な彼だが、気を許した相手に対しては、少し感情を露《あら》わにするようだ。

『奴』とのかかわりを知ったときには、そんな偶然もあるのかと驚いたものだが、その『奴』と肩を並べ歩いている場面で彼は——笑っていた。

隠し撮りゆえ、どのような高精度のカメラをもってしても、距離がある分画像はそう鮮明なものにならない。だが、ややぼやけたショットであるにもかかわらず、彼の笑顔を見た瞬間、俺の中に、今すぐにでも彼が欲しいという衝動がわき起こった。

激情というに相応《ふさわ》しい思いだった。まだ当人とは口すらきいたことのない仲だというのに、彼が笑う相手に——『奴』に激しい嫉妬を覚えた。

笑顔がこうも印象を変える人間はそういまい。笑いかけられた相手が俺であったなら、その瞬間にも彼を押し倒していたのではないかと、少しの冗談でもなくそう思えてしまうほどに、彼の笑顔は魅力的だった。

欲しい――すぐにも欲しい。

ただでさえ状況は困難を極めるのに、例の問題で更に引き抜きは難しくなると思われた――が、人間万事塞翁が馬とでもいうのか、その問題が逆に彼に刑事の職を解かせ、めでたく手中に収めることに成功した。

笑ってほしい。

その欲求を口に出すまい、などという馬鹿げた我慢をしている自分に、思わず自嘲の笑みが漏れる。

ボディガードを断られ、頬を張った際に痛みを堪える顔を見て、これもまたそそられると思わず見入ってしまったのも今となっては懐かしい。

快楽に耐える顔を想像し、込み上げる性的興奮を抑えることはできなかった。夢の中で何度彼を犯したか。数え切れないくらいだ。

金を使っても力を使っても、おとなしく抱かれるような男ではない。それがわかるだけに、今度はいかにして彼の身体を組み敷くか。それを考え始めた矢先に思わぬ展開が待っていた。

信仰心など少しも持っていない自分だが、こうも己の望みが叶うと何か裏があるのではと思わずにはいられなかった。

人の心を操ることはある程度できないこともない。思うとおりに動かすことができるタイプの人間も多くいる。

だが、今回の彼の負傷は狙ってできるものではなかった。あまりに希望どおりにことが進みすぎることに脅威を覚え、このまま乗っかってしまっていいのかと躊躇《ちゅうちょ》を覚えたくらいである。

普段の俺なら決して乗らない。もともと回避できるはずの危機を、不注意や己の欲望に負け背負い込む。そんな愚行を今までの人生で俺は犯したことがなかった。

なのにちゃっかり乗っかり、彼を抱くとは、菱沼《ひしぬま》組五代目を目前に控えた人間とはとても思えない忍耐力のなさである。

実際抱いた彼は、俺が思った以上に好ましい表情を浮かべた。苦痛ばかりか屈辱に耐えるその表情は、ぞくぞくするほど魅惑的だった。

屈辱感からは、己の感情に蓋《ふた》をすることで、彼もすぐに脱したようだが、男に抱かれ快楽を貪る背徳感からは未だに逃れられずにいるようだ。

眉間にくっきりと縦皺を刻みながらも、微かに開いた唇から悩ましい吐息を漏らす。

己の身体が男の愛撫で昂《たか》まることに対する葛藤を忘れる日は、おそらく彼には来ないのではと思えて仕方がない。

そうした彼だからこそ、ますます眉間に縦皺を寄せてやりたくなる。懊悩と快感、両方を過ぎるほどに与えてやりたくなるというのは、あまりに性格が悪いだろうか。

そんなことをつらつらと考えながら、今、腕の中で眠る彼の顔を眺めていた俺は、浮かれすぎかと反省しつつ、未だにくっきりと刻まれている彼の眉間の縦皺にそっと唇を近づけた。

押し当てるようなキスをすると、深い眠りの世界にいる彼の唇から微かな吐息が漏れ、縦皺が少し緩んだ気がする。

抱くと歯止めがきかず、意識を失うまで求めてしまう。男に抱かれた経験はないということだったが、彼の身体《からだ》は驚くほど早く行為に馴染《なじ》んだ。

全身くまなく性感帯が巡っているのではと思われる、敏感な身体だった。気持ちは感じやすくないようだが、身体は一般人と比べて格段に感じやすい体質のようである。

貪欲、という単語がぴったりくる。そのギャップがまた素晴らしい。

だからこそ、こうして本人が体力の限界を感じるまで抱いてしまうのだけれど、とまたも眉間にくちづけると、彼は再び小さく息を吐き、甘えるような仕草で俺の胸に頬を寄せてきた。

愛《いとお》しい——起きているときには決して見せないそんな仕草に、ますます独占欲が駆り立てられ、いっそこのまま腕の中に閉じ込めてしまおうかという欲望を抑えられなくなってくる。

魅惑的な表情の全てを晒《さら》す相手は俺だけでいい。話しかける相手も、否、視線を向ける相手も自分一人にしたいという欲望を、この先俺は抑えきることができるだろうか。

できる、という自信はない。そう思いながらまたも眉間にくちづける。唇が離れるときに軽く音がしたからか、目覚めぬはずの彼が薄く目を開き、ぼんやりした視線を俺へと向けてきた。

「寝ていろ」

囁《ささや》くべき愛の言葉は胸に溢《あふ》れている。が、相手はそれを聞き、感動を覚える人種じゃない。

それゆえ、最も彼が望むでろう、色気の欠片もない言葉を告げると、彼は満足そうに微笑み、すうっとまた眠りの世界へと戻っていった。

直前に見せた微笑みが、俺の欲情をどれほど煽《あお》り立てたかなど、知る由もなく――。

傾城の美女ならぬ、傾城の微笑ともいうべき笑顔であるが、この笑顔を独り占めするためなら、どのような過酷な闘いをも勝ち抜く自信はある。

神の采配か。はたまた偶然のなせる技か。どちらにしろ、この先彼を己の腕に抱き続ける、それは必然だと思いながら俺は、心地よさげな微笑みを浮かべる愛しい男の身体を抱き締め、既に皺など刻まれていない眉間に、またもそっと唇を押し当てたのだった。

あとがき

はじめまして&こんにちは。愁堂れなです。

このたびは三十二冊目のルチル文庫となりました『たくらみは美しき獣の腕で』をお手に取ってくださり、本当にどうもありがとうございました。

たくらみシリーズ、いよいよ復刊です！　自分にとっても思い出深く、そして大切なこのシリーズを再び皆様にお読みいただくことができ、本当に嬉しく思っています。

これもいつも応援してくださいます皆様と、そしてルチル文庫様のおかげです。本当にどうもありがとうございます。

今回なんと！　角田緑先生がイラストをすべて描き下ろしてくださいました。

実は『たくらみシリーズ』は当初シリーズの予定はなかったのですが、ノベルズ発売時、角田先生が描いてくださったキャララフに激萌えし、初めて自分から『続きを書きたい』と担当様に申告したのでした。

今のところ四冊で一応完結となっていますが、できればまた続きを書きたいなと思っていますので、よろしかったらどうぞ編集部様宛にリクエストなさってくださいね。

角田緑先生、今回も本当に素晴らしいイラストをありがとうございました！　感動再び！でテンションマックスです！

これからもどうぞよろしくお願い申し上げます。

また、今回も担当のO様には大変お世話になりました。

他、本書文庫化に携わってくださいましたすべての皆様に、この場をお借りいたしまして心より御礼申し上げます。

たくらみシリーズは、読者様の応援が一際熱いシリーズでもありました。本当に皆様、どうもありがとうございます！

自分でも大好きなこのシリーズを、既読の方にも未読の方にも、少しでも楽しんでいただけるといいなとお祈りしています。

よろしかったらお読みになられたご感想をお聞かせくださいませ。心よりお待ちしております。

ルチル文庫様よりは、来月『たくらみシリーズ』の二冊目『たくらみは傷つきし獣の胸で』を発行いただける予定です。

三月をもちまして『愁堂れな連続刊行記念小冊子』の対象書籍は終了いたします。小冊子はこの『たくらみシリーズ』を始め、『罪シリーズ』『unison シリーズ』『花嫁シリーズ』のショートをすべて書き下ろさせていただきますので、よろしかったらどうぞお申し込みくださいませ。

フェアの詳細は本書の帯をごらんくださいね。皆様のご応募、心よりお待ち申し上げます。

また皆様にお目にかかれますことを、説にお祈りしています。

平成二十四年一月吉日

愁堂れな

（公式サイト『シャインズ』http://www.r-shuhdoh.com/）

✦初出　たくらみは美しき獣の腕で……GENKI NOVELS「たくらみは美しき獣の腕で」(2004年4月)
愛だの恋だの……………………GENKI NOVELS「たくらみは美しき獣の腕で」(2004年4月)
コミックバージョン……………ノベルズ版を全面改稿描き下ろし
美しき獣のモノローグ…………書き下ろし

愁堂れな先生、角田緑先生へのお便り、本作品に関するご意見、ご感想などは
〒151-0051 東京都渋谷区千駄ヶ谷 4-9-7
幻冬舎コミックス　ルチル文庫「たくらみは美しき獣の腕で」係まで。

幻冬舎ルチル文庫
たくらみは美しき獣の腕《かいな》で

2012年 2 月20日　第 1 刷発行
2016年11月20日　第 3 刷発行

✦著者　愁堂れな　しゅうどう れな
✦発行人　石原正康
✦発行元　株式会社 幻冬舎コミックス
〒151-0051 東京都渋谷区千駄ヶ谷 4-9-7
電話 03(5411)6432[編集]
✦発売元　株式会社 幻冬舎
〒151-0051 東京都渋谷区千駄ヶ谷 4-9-7
電話 03(5411)6222[営業]
振替 00120-8-767643
✦印刷・製本所　中央精版印刷株式会社
✦検印廃止

ISBN978-4-344-82451-5　C0193　Printed in Japan